Miss you

K and Koの日記より

Kei

文芸社

目　次

プロローグ…………………………… 4

出　会　い…………………………… 9

日　　　記……………………………43

別　　　れ …………………………152

それ か ら …………………………158

　　最後に …………………………174

プロローグ

5年間
　本当に　自分らしく　素敵な日々だった

　あなたと出会い
　いつも　一緒に　いたいと思っていた
あなたには
　私のこころが必要としている
　　あたたかさが　あった

神様が……
天国に逝った母が　逢わせてくれたのだと
　　　　　　　　　　　　本気で　そう思った
　　　　いつの日にか　二人は
　　　お互いを　求め合い
　　　　　支え合い　日々を過ごした
何も望むものは　なかった
　　　あなたが　私の側にいる　それだけで……
何の言葉もいらなかった
　　　あなたの　あたたかさを

プロローグ

　思いやりを
　いつも感じていたいから

ただ時折　冷たい風が吹いてきた
　　いつかは別れる時がくる……
　そして　それは現実のものとなり
　　５年後　あなたはNYへと　旅立ってしまった……
　　　　　　H10年４月１日

成田まで　見送りに行った

東京に着き
あなたが　千鳥ケ淵の桜を見たい　と言った
　ボートに乗り　桜を見た
青い空　水面には桜の花びらが　敷きつめられ
　ボートをこぐ　あなたの腕を
　　　　　　いつまでも見ていた
この　あたたかな腕を　力強い腕を
　　　　見ていられるのも　あと数時間
桜の花びら舞う　水面に
　　　　このまま二人　沈んだら
　ずっと一緒に　いられるのじゃないかと
　　　　　　本気でそう思った
　時が止まってくれるのを　願った
　今二人　ここから消えることを　望んだ
　　あなたの　手を　離したくなかった
　一緒に行けない　自分を責めた

プロローグ

あなたがいない毎日を
　　　　これから　どうして
　　　　　　生きていけばいいのか
　　　　　　　　　　何も分からなかった
成田の見送り場で　飛行機を見ていた
　　　冷たい風が　吹いていた
　　あなたの手を　握った
　　　　　　いつもあたたかい　そのぬくもりを
　　　　　　　忘れずに　いるために
　　お互い　言葉につまり
　　　　　　　　涙が　あふれてきた

一生会えなくなるわけじゃないと
　　　　　　　　あなたは言ったけど
私の手の中に　あなたはもう帰ってこないだろうと
　　　　　　　　その時　そう予感した……

帰りは　迎えにきてね
　　　　　　　　　１年なんて　すぐだよ
　　また　ここで二人だけの再会を　約束した
帰りの成田エクスプレス
　　　　　　　　　何も考えられなかった
　　　　あなたと楽しい時を過ごした　５年間
　　　　頭の中で　回想する
嘘だよと……あなたが後ろにいる気がした
　　　　東京駅で　あなたの姿を捜した
　　　　　　いるはずのない　あなたを
　　　　　　　いつまでも捜した……
　　　　　　　　　私の大好きな　雪が降っていた
　　　　　　　　　　　　春なのに……

出 会 い

　仕事の関係で　知り合った二人
お互い　良い印象ではなかったけど
　　　　魅かれ合うものが　あった
　その一つは　あなたの笑顔の輝き
　　　　　　　　　　まぶしさ……
神様が　巡り合わせてくれた人……
　　　　　　　　　そう思った……

　年は　私より10歳下なのに
きちんと自分の夢や　考えを持っている人
一緒にいられた時間は　短いけど
私の空いていた心を　　少しずつ埋めていってくれた
私の心に吹く　冷たく暗い風を
　　　　あなたは　あたたかいやさしい風で
　　　　　　取り除いて　くれた
いつの日か
　　　そんなあなたに　惹かれていく自分に気づいた
　でも素直に　すべてを受け入れることが　できなかった
家庭……私には　そんなものがある

　　　　名ばかりのものだが　その枠から　出られずにいる

だけど　私は自分の気持ちに　正直に
　　　　　　　　　　　　　生きていたかった
　　　好きなものは　いつも好きなままでいたい
　　こんな私を　あなたは　受け止めてくれた

　いつしか　二人
　　　　　お互いを　自然と求め合うように　なったよね
　淋しがりやの　あなたと私
　　　　支え合い
　　　　助け合い
　　側にいるだけで　心が落ち着く
そんな関係に　なっていたよね
　母が亡くなった
言葉に言い表しようのない　空しさを
　　　　　　　　　　あなたに　求めた
あなたはいつも　やさしい
　　　　　　　　手を差し伸べてくれた
　　淋しくて悲しい日々も
あたたかい言葉で　包み込んでくれた

　　　　そのころの私は
　　本当に　落ち込んでいた

出 会 い

　気持ちが　ふさぎ込んでいた
　最愛の母を　この手で看取った
　　何もしてあげられなかった
　　　　　　　　　悲しかった
あなたからの　電話が唯一
　　　　生きてる証のようなものだった
　　あなたが　すべて……
　　　　　あなたがいてくれるから
　　　　　　生きていける気がした

あなたの住む
　　街へ　新幹線で数回　往復した
　　　ふとしたことで
あなたの部屋に　泊まることになった

　　　小さな駅の改札口
　　　　夜の10：00の待ち合わせ
アパートまでの　長い距離を　二人歩いた

　　ふと　あなたが足を止めた
目の前に真っ白く輝く　星型の花が
　　　　　　月明かりに照らされ　群がって咲いていた
「この花を見せたくて
　　　　少し遠回りを　したんだよ」
　　　　　　　　　　　あなたは言った
　やさしい風にあおられ
　　　　　　　かすかに揺れる　その花から
　甘くて幸せな香りが　漂う
ジャスミンの花
　　　　その花の名前を
　　　　その花を　初めてみた

出会い

不思議なことが　あって
　　あの場所で
　　あの時
　　二人でみた　その花が
今　私の庭にも咲いている
　　すっかり根がつき　枝を伸ばし
　春と夏に　たくさんの花が咲く

　　いつも思い出される
　あの夜のことを
　　　光り輝く花を見た時の　感動を
　　二人話した会話を
　　あなたの　手のぬくもりを

花は毎年　同じように咲く
　　　何も変わらずに
　　　何もなかったかのように
　人は変わる……
　　　　二人でみていた花を　今は一人で見ている

　あなたからもらったプレゼントの中で
　　　　一番思い出が深く
　　そして一番悲しいものに　なったよ

あなたの生活が夜型になり
連絡を取るのが　少しむずかしくなってきた
　それでもあなたは
　　　　わずかな時間のタイミングを　ねらって
　コールをくれた
あなたの生活や
　　　　職場
　　　一日のリズムは　手に取るように分かった
離れて暮らしても
　　　　今ごろはこんな過ごし方をしている
　　　　　　仕事をしている時間
　　　　　　休憩をしている時間
　そんなことまでが
　　　　　自然とわかっていた

離れていても　不思議と
　　　　伝わるものがあった
　淋しくないと言ったら　嘘になるけど
　心が充実していた……

出 会 い

願いは叶えられるんだ
　　　　　　　そう思った
あなたの口から　聞いた言葉
　　　春になったら　私の側に来ると
電車で移動しなくても　車で移動でき
　　　　　　　　　会える場所に

これは絶対　夢だろうと思った
桜が咲くころ
　　　　側にいくから……
　　あなたが　そう言った

夢じゃない
　　本当にそうなんだ
あなたの言葉が　嬉しかった

あと数日後
桜の花びらが　開花するころ
　　春を連れて
あなたが　私の元に来る

あなたが　側に来れば　来るほど
　　　　　あなたに会いたい
　　　　いつでも会っていたい
　でも　私には　それができない

すべてを捨てるのは
　　　　私自身を捨てること
たくさんの人に迷惑がかかる
たくさんの人を傷つけ　悲しませる

あなたが近づけば　近づくほど
　　　　私とあなたは　距離を
　　　　　　置かなくては　ならなかったよね
　あなたに何もしてあげられず
かえって淋しい思いをさせたような気がする

出 会 い

仕事をし家庭を持ち
　　　そしてあなたが　いた

世間では　不倫という言葉を使うのだろう
　でも　それって
　　　　　　　楽しいことなんかじゃない
楽しい反面
　一人になった時の　どうしようもない淋しさ
　人に言えない辛さ
　悪いことをしているかのよう言われることが
　心に突き刺さる

ただ　自分に正直に生きたかった
きれいなものはきれいだと
　　　　好きなものは
　　　　　　好きでいたいと
　　　　　　　　そう思ってた

あなたの部屋に
　まだ開けていない箱が　いくつもあった

なぜ開けないの？　と聞くと
来年の春にはＮＹに行くから
　　　　　　このアパートを出るから
　　　　　　　あんまり　荷物は広げないんだ　と

ＮＹに行って　仕事をするのが　僕の目的　と言った
　　　　　　　その言葉を　ずっと前に聞いた気がする
　　　　　せっかく　こんなに近くに来たのに
　　　　　また　遠くに
　　　　　　　　本当に遠くに　行ってしまうんだね

この一年を……
　　　ＮＹに行くまでの一年を
大切にしようと　あなたは言った

　あなたの気持ちが　変わるようにと　思ったけど
あなたは自分の夢に向かって
　　　　　　　　　着実に進む人
　　私があなたの重荷になることはできない
あなたと私は
　　もともと同じ道には進めない

出 会 い

　あなたについても行けない
あなたの夢を　側で聞き
　　応援することしか　私にはできない

あなたの腕の中に包まれていると
　　　何もこわいものなどない気がする
　　　不安も　淋しさも
　　　　　　　　何もない

ただ
　　この手を離す時が
　　　　　　　　確実に訪れるだろう
私達は永遠に一緒になれないのだから

神様に祈った……
　　　　　一緒になれない二人……
　　　　　一緒に生きていけない二人……
　　　せめて　死ぬ時は　一緒に死なせて欲しいと
　　あの人が死ぬ時
　　　　私も死にたい
　　　　　　あの人がいないこの世の中で
　　　　　私も生きていたくない
　　　本気でそう思った
　　　　　　　　そして　今もそれだけは
　　　　　　　　　　　神様に祈っている
　　　　　　　それだけは
　　　　　　　　　許される願いと思っているから

出　会　い

　　　　　　——たんぽぽ——
あなたは　たんぽぽの綿毛のようね
　　　やっと掌に落ち　おさまったと思ったら
また　スーッと　空に飛んでいってしまう

私はいつも　それを追う役
手を伸ばし　触れそうになると
　　　　また　あなたはすり抜ける

そして　やがては　手の届かない
　　　本当の遠くに　行ってしまうんだよね

いろいろな愛があると思う

あなたを守りたい　愛
あなたを傷つけない　愛
あなたを困らせない　愛

　あなたのことを
　　　　いつも　心のすみで　思い続ける　愛
　そして　あなたのことを
　　　　忘れるのも　愛

不倫について

　　　ある本に載っていた言葉
「汚くて
　ずるくて
　嘘と性欲のズタボロ関係」
悲しかったけど
　　　　その言葉は
意外に当たっているかもしれない
ただ　側にいたい
　　それだけのこと　なんだけどね

あなたが時々　ＮＹの話をしてくれる
　　　一年なんてあっという間だよ……
しばらくその話は　しなかったから
　　　少しは　気が変わってきたのかと期待していたのに
本屋さんに行き
　　　ＮＹのガイドブックを　買いにいった
二人で　本をひろげた
　　　あなたの行く所は？
　　　あなたの住む所は？
　日本とＮＹ
　　　　やっぱり遠いんだね
　　　そういう私に　あなたはただ　笑っていた
なんておだやかないい表情
　　　　その笑顔を見せられると　何にも言えなくなる

　そのあたたかな
　　　おだやかな笑顔に
　　いくたびも　勇気づけられてきたような気がする

出会い

あなたの休みが　連休だと知ると
　　　あなたがどんな休みを取るのか
あなたがどこに　誰といるのか
　　　　不安になる
部屋のコール
　　　　　留守電のテープが回る
　　連絡がつかない時
私の気持ちも　パニックになる
　　　　あの人は自由なんだから
　　どこに行こうが
　　誰と会っていようと
　　　どんな時間を　過ごしていようが
　　　　　私には何を言う権利もない
十分　それは知っている
　　だけど　私が知らない　あの人の時間……生活
言い表すことができないほど
　　　　　　自分が空しく感じる
あなたは自由
　　束縛なんかしたくない
そう思っても
　　心は違ってたりする
誰でも自分がかわいいから
そして人はみな淋しいんだよね

台風の日
会いたくて……
　　ただそれだけで　車を走らせる
　　ワイパーを全開にさせ
　　タイヤをスリップさせ
　　あなたのいない部屋へ
こんな雨風の日は
　　　　　　あなたも　きっと帰ってこないと
　　　　　　　　　　思っていながらも……
階段を駆け上る　闇を慣れた足音
ドアの前で　止まる　足音
　　　ドアのノブが回る
あなたが言う
　　　何となく今日は　来ると思ったよ
びしょびしょの　あなたが　そこにいた

Hold me
　　　嵐の夜は bed で
　　抱いて
　　抱いていて……
私は雨の音が　好きです
　　目を閉じると　今も
　　　あなたの足音が　聞こえてくるからです
風の音……
雨の音……
シャワーの水の音……
　　そして　いちばん耳につくのは
　　　　　　　　　　時計の音
あなたといる時間
　　いつも気になるのは　時を刻む時計
いつも　どこにいても
　　　この時計が私たちを指図する
　　時計が気にならずに
　　　　二人一緒にいられた日は　なかったよね
　　　　　そして　これからもないのだろうか？

風が北風に　変わってきましたね
　　仕事にも慣れ
　　楽しそうに　充実して日々を送っている　あなたを見て
どうしてこのままでは　いけないのか
　　なぜＮＹに行かなければならないのか
　　　　口には出せなかったけれど
　　　　　　　そんなことを　考えていました
あなたは　東京にいて
　　そして今は私の側にいる
　　こんなに　今　幸せな日々を送っている
あなたは何も言わないけど
　　　　側に来た一年は
　　私へのプレゼントだったかな

　　　ただね　こんな近くにいると
　　本当に離れる時　辛いんだよね
　　でも　その分　たくさんの思い出も作れるんだけどね
離れる時の辛さ……
思い出作り……
　　この二通りの思いを　天秤にかけると
　　どちらが私にとって　人生を変えるものになるか
先のことはわからない
　　　本当にわからないんだよね

出会い

とても寒い一日でしたね
　　　でも　あなたのとなりは　あたたかい
1週間が過ぎるのが　早いですね
　　　あなたが　側にいることが
　　　　　　　今年一番よかったこと
でも　私の心は沈んでいる
　　　　こんな時間の　陰には
　　たくさんの人を傷つけて
　　　　　　　いるような気がする
家族……
　　　やさしい言葉を　かけられないのは
　　　　　　　　　　　なぜだろう
　　　いつからだろう　愛せなくなったのは
　　　私が家族という枠から　逃げている気がする
　　　息苦しい生活の中から
　　　　　　救いを求めたのが　今の現状
　　　　　　　許してください

※Koへ

　新年　明けましておめでとう
　あなたの帰りを待っていましたが
　　　　日も暮れて　待ち疲れたので
　　　　　　　帰ることにします
風邪などひいていませんか……
腰痛　肩痛　大丈夫ですか？
　　　　　それではまたね

出 会 い

Kへ

今日は忙しかった
　　　　店長が休みで　女将さんが腰痛で
　　　３人も少なく　仕事をした
　　　昼休み　帰れなくてごめん
　今日はとても動き疲れた
腰が痛かったので
　　　　　　少し散歩に出かけた
　　　歩いて関節を動かしたら　だいぶ楽になった
窓辺にスイトピーがあった
　　　あなたが来ると　いつも何かが置かれている
　　　花はいい
　　　何となく落ち着く
　　　　いつもありがとう

※Koへ

時がスピードをあげて
　　　　　　　　通り過ぎる
　　気がつくと　もう２月になっている
　　仕事と家庭と　あなたのこと
一度にこんな頭で　たくさんのことを考える
　　　　　　　　　　　　気持ちが行き詰まる
　　薬飲んで
　　　　　何日も眠り続けたいと思う
　　吐き気がして　吐いてしまった
夜がずーと続くと　いいと思う
　　どんなに祈っても　朝は訪れる
そしてどんなに祈っても　あなたはＮＹに行ってしまう

あと何日　一緒にいられますか？
あと何回　あなたの部屋に　行けますか？

　　　　明日は二人とも休み　どこに行こうか？

出 会 い

Kへ

　　いい人に出会った　と思う
気をつかわないし
　　　決めてくれる　甘えられる
一緒にいて　楽しい

　　　　　　　　　涙　　2月13日

眠い体にムチ打って　市場へ行った
　　今日は先週ほどの寒さは　なかった
旅券センターが　9時からなので
　　　間に合うように市場を出た
　5分ほどで申請が　終わった
　　　24日に　パスポートができる

※Koへ

時々　手紙だけは書いてね
　　　電話は　お金もかかるから
　　　声なんか聞いたら
　　　どうしていいのか　分からないから
　　　電話は　いいよ
　手紙も好きな時でいいから
あなたが
　　　辛い時に
　　　悲しい時に
　　　淋しい時に
　　　私のことを思い出した時に
少しの言葉でいいから
　　　元気でいるから　のひとことでいいから
　　　元気でいますか？　のひとことでいいから

　　　　　　　　　　　　　出 会 い

Kへ

強い風が吹くと
　　　夜なんか　こわくて眠れない
　そう言って　いたね
もう眠りましたか？
　　　　　　電話ができない
　　何度か受話器を握りましたが　やめました
　　　おやすみ

❄Koへ

　　奥那須
　　　　本当に感動したね
　　　青い空に　雪
　　　　　　だれも　いない
　　　　　だれも　歩いたことがない　真っ白い道
無風状態の中　ピーンと張りつめた　空気
　　　何もこわいことは　ない
　　　　　このまま　ここにいたい

あなたと二人　いつまでも忘れずに　いよう
　　　悲しい時や
　　　苦しい時に
　　　　　思い出そう
あなたと　手をつなぎ　歩いた雪の道
　　　　　あなたの腕の強さ
　　　　　あなたのあたたかさを……
　　この日を絶対忘れない
　　　　　これから先　あなたと離れても
　　そしてあなたも忘れないでほしい
　　　　　　　　　　　　2月23日

出会い

Kへ

　みんなが引越しの手伝いをしにきてくれる
　見回したが　あまり箱詰めするものはないようだ
　　当日来てくれるのがいちばん助かる

　二人の関係は
　みてくれ　歳の差は関係ない
　信頼し　どれだけお互いを思うことが　できるかだ
だけど
あなたとの関係は　これからどんどん遠ざかる
　　あと一年はシングルでいられる
　　　あなたとのことを思っていられる
　でも　親のため　結婚はしなくてはならない
　　なんともやるせない思いだ
　　なぜあなたは　9年早く生まれてきたの？
　　なぜ僕は　9年遅く生まれてきたのだろう？

❁Koへ

おだやかに月日が　流れていきますね
　　　どうしようもないことって　本当にあるんですね
　　　　　　　　　　　　　　本当にあるんですね
　　私たちみたいな思いを　している人って　たくさんいるのかな？
心が通じ合っていても　別々の道へ……
　　　神様は何のために　私達を会わせ
　　　　何のために引き裂こうと　するのだろうか？

出会い

Kへ

　　不安はいつもある
でも　あなたのことを思うと
　　　あなたの声を聞くと
　　　あなたに会うと
　　　　　忘れることができる
そして　あなたの声が
　　　　　　姿が消えると
　　　またわいて出てくる
自分に自信を持って生きよう　と思う

※Koへ

あなたの部屋の引越しが　きのう終わった
　ドアを閉め　階段を降りた時
　　　　　　　　もう一度その部屋に　もどりたかった
　1年間を過ごしたその部屋
　もう二度と来ることはない

あなたの人生の　邪魔はしません
でも　無理して忘れなくてもいいですか？
その手の大きさを　その胸のあたたかさを
やわらかい髪の毛を　身体の重みを
たくさんの言葉　思いやり　やさしさを
　　　一生心に置いてもいいですか？

そしてあなたも忘れないでほしい
1年後の成長したあなたの姿を　見るのが楽しみです
成田でまた　逢いましょう

出 会 い

NYへ　あなたを見送った帰り道
　　　どうやって　家までたどり着いたのか　分からない
覚えているのは　雪が降っていたことだけ
　　また　一人になってしまったんだなと思って
　　　　　　車の中で号泣してしまった
早く夜がくればいいと思った
　　眠りたいと思った
ぐっすり眠って　明日からしっかり生きていこうと思った

4月2日　2：30ＰＭにTELをありがとう
ＮＹは夜中の0：00過ぎ
　　　　　　　14時間の時差があるんだ
とってもびっくりしたよ
　　　　TELくれるなんて思ってもいなかったし
　こんなに　声が近くに聞こえるんだね
お互い淋しくならないように
　　　　　Japan──NYの　月に一度の交換日記をすること
に決める
この日記の中で　あなたに会える
　　　　　　　あなたを感じることができる
月に一度届くAirmailを楽しみに
　　　　　　　頑張れる気がしてきた

日　　記

※4月　　　NY・Koへ

　　　お元気ですか？
　　　　　　昨日ファミリーで　旅行に行ってきました
　　あなたと似た人に　すれちがうたび
ドキドキして胸が苦しくなった
　電話ボックスがあるたびに
　　　　　　あなたがいるＮＹに　コールしようと思った
　　会いたいと思った
　　　何故こんなにたくさんの人だかりなのに
　　　　　　あなたがどこにもいないのだろう
　　捜している自分がいた
気分が悪くなり　胃が痛くなり
立っているのが苦痛になってきた
落ち着こう……
　　　落ち着かなきゃ　せっかくの楽しい旅行なのに
　　　　　心は本当に暗かった
　　どこに行ってもあなたがいない　日本
　　楽しいはずがないね

❀今ごろ　何をしていますか？
　　元気でいますか？　疲れていませんか？
　あなたの住むところは　どんなところですか？
　　お友達はできましたか？
　辛くはないですか？
　　淋しくはないですか？

日　　記

❋４月９日　ＴＥＬ ありがとう
　ＮＹ　０：４０ＡＭ
　ＪＡ　２：４０ＰＭ
　　　　　　　時差はこんなにあっても　声は近い
ずいぶんいい暮らしをしているようなので　安心しました
やっぱりピアスしたんですか
　　　　　　　人生変わりませんか？
自分の決めた道を　進めるあなたが
　　とてもうらやましく　思えます
日本は３日続けて　冷たい雨です
　　　この雨で　東京の桜は散り始めたことでしょう
　　　そちらも　桜の木　あるでしょう？
　　　　　　　　咲いていますか？
離れれば　離れるほど　愛が深まるというけれど
　　　　　　私達はちがうんだよね
だんだんこのまま　遠くなり
　　　　物の見方や考え方もちがい
　　　いつしか　別れていくのだろうね

元気でがんばっていますか？
　この間の桜の写真　できました
　　　　写真の上から　あなたに触れてみた
　　　あたたかみが　伝わってくる感じです

※木曜の午後は　NYから　TEL がかかってくる気がして
毎週木曜日だけは
　　　　なんの用も作らずに　待っていた
あなたがもしも　TEL をかけてくれたとき
　　　　　　　いなかったら淋しい思いを　するだろうから
今日だめだったら　明日は無理で
　　その　TEL に出られない時は
　　　　また１週間後の木曜日に　なってしまう

　　　　　　本当に遠距離だよね

　ごめんね　こちらからなかなか電話ができなくて
　　　本当はいつもかけたい
　公衆電話からも
　　　国際電話かけられる時代だものね
山桜が風に吹かれ　散り始めた
　　　ぼたん桜の鮮やかな pink が　とてもきれい
一年中で　一番いい季節ですね
たくさんの花
そしてこの日記が　心をいやしてくれる
声のプレゼントを　ありがとう

日　　記

4月　Japan・Kへ

4月1日　新たな出発です
　あなたは見送り場で　涙を流していた
　泣くなよ　一生遠くへ行って　会えなくなるわけでもないのだから
　と思っていた僕も　あなたと成田エクスプレスの改札口まで行くと　涙があふれてきた
こんなはずじゃなかったのに
　行ってくるよ　じゃーね　なんて言えるはずだったのに
これからあなたとの距離は　どんどん遠くなり
　壁は高くなるのだろうか
あなたからもらった　あなたといっしょに過ごした時を
　　刻み続けた腕時計
　　今日　その時が止まった
　　もうこの時計は　再び動き出すことはないのだろうか
TOKYO・NARITA－NEW YORK　10,840km
　今あなたの1年5カ月の思い出を読み終えました
　辛くて何度も何度も日記帳を閉じました
　目が　喉が　胸が痛いです
　涙が　鼻水が止まりません　5年間とても楽しかった
ありがとう

無事　NYへ着いた
　　　12時間の flight だったが全然　苦ではなかった
飛行機に乗り　すぐ寝　昼食になり
　　　あなたの日記を読んでいた
そのうち　雲で真っ白だった空は　暗くなり
　　　機内では映画が　上映され
窓は閉じられ　消灯　また寝た

　　　　あなたの日記を読み　胸が痛くなり
　　　何度も涙した
　窓から見える夜明けは　雲がなく
　大地は半分　雲におおわれていて
マーブルのようである
空港に着いた　予定時刻通り
　　　1時間程待ち　Hさんが来てくれた
NYの住宅街は　色のちがう　形の同じような家が
　　　ドミノを　並べたかのようにあった
　　　店に連れていってもらい　紹介され
　　　　食事をご馳走になり　寮に案内された

日　　記

　　足替わりになるものがないので　店まで歩いた
朝の空気は涼しく　心地良い
　　家の前には　芝生があり　こぶし　なし
あなたと千鳥ケ淵のお堀で見た　黄色い花が
　　たくさん咲いていた
初めて歩く道なので　不安だったが　気持ち良かった
　　　店まで22分かかった

仕事　初日なので
　　　見ていればいいと言われたが
ただ見ているのも疲れ　少しずつ教えてもらった仕込みは
　　日本とかわらない
仕込みが終わると　暇になる
　　　まだメニューも覚えていないので
　　　みんなが作っているわきで見ている
　　　悔しい　自分に腹が立つ
　　いろいろな料理を見せてもらったが
　　　　覚えられず　頭の中は混乱している

住居は快適です
暖房が一日中きいていて
　　　　部屋は寒さ知らず
　　仕事あがりにも　食事が出るので
寮に着いたころには　眠気が出て

部屋にはTVもなく
こうして日記を書いていると　いつの間にか寝てしまう
　　ちょっと油断すると　12時には寝ていて
3：00AMごろ目を覚ます

日　　記

Hさんの手伝いで
　　ケータリング（出張出前）に行った
NYに来て　5日目にして　マンハッタンの有名なホテルで
料理を作る　なんとも運がいい
生バンドによる　ジャズが流れる中　準備をし
　けっこう疲れた
　　あなたの日程表を見ると　土・日・月休み　火が夜勤と……
　どこかに　家族と　旅行かなと思いつつ
　　ちょっとこわいので　電話ができなかった

やっと Holiday が来た
　寝る前にみんなに話を聞き　地図をもらい
　　マンハッタンに行ってきた
切符を買うのも　乗り物に乗るのも大変
（朝5：30〜8：30　夕4：00〜7：30) peak 時
　　　　料金も増すらしい
マンハッタンは島になっていて
　　道路は格子状になっている
東西が Street　南北が Avenue
　どでかいセントラルパーク
5〜7th番街周辺が　銀座周辺の街並だ
　観光客がたくさんいた
　　日本人はほとんど見なかった
アパートに帰ってきてから　みんなで山手線ホームの話に

なった
　　駅名を言い始め　つぎに東京23区になったら　なかなか出てこなかった
　そんなことをやっていたら　3：00AMになり
　風呂に入り　実家に電話を入れた

日　　記

今日　昼休みにピアスを入れたよ
　　　後輩と3人で
店のすぐ側にある美容院で　あけてきた
　あまり痛さは感じなかった
あなたと見て買ってきた緑色のピアスを
　　　入れようと思います

それから　セカンド・ネームをもらいました
　　私の名前はK・アスカ・Oです

久しぶりにあなたの声を聞きました
　　悲しそうな声でした
今　何もかもがゼロの状態からスタートし
　　心が痛み
　　耐えられなくなった時
　　あなたの声が聞きたくなる

街道沿いの　梨の花だろうか
　　　　ここに来たとき咲いていた　花が　散り始めた
千鳥ケ淵の桜のようにはいかないが
　　　この真っ白な花吹雪が
　　　それを思い起こさせてくれる

どうしていますか？
元気にしていますか？
笑って過ごしていますか？
僕のことより
　　　あなたの方が心配です

　　　　　　　　　　　　　　日　　記

今日　あなたにもらったピアスにかえました
耳は全然痛くありません
　とても久しぶりに声を聞いた気がした

　ありがとう
　たった１通の郵便物のために　遠出させて
今日は　一日中　雨です
　　　　雨音は嫌いだ

　僕はひとつ思ったことがある
職と職場を変え　引越しをし　友達がいなくなると
　あなたの所にこまめに電話を入れ
　　　友達ができると　少し遠のく
こんなことを繰り返して　いたのだろうか
　　　　　進歩がない
　　　　でも……声が聞きたい

4月最後の休日
　　日本にいる時　一緒にみれなかった『タイタニック』
　　の映画を
　　　ひとりで観てきました
　ずいぶん冷房が効いていて
　　　映画の状況と　この冷たさが一致し
　　その場にいるような　心境になりました
日中　陽がさし　暑いくらいの温度になるのですが
　夜になると　まだ肌寒いです
　　向かいの学校の　いろいろな植物が植えてある一角に
　　　山吹の花が満開に咲き
　　風に揺れていました
今日　これからあなたのもとに送ります
　　　　　　　　　　　　　　　　　　　　4月30日

日　　記

※ 5月　NY・Koへ

　　車を止め　玄関に手をかけた時
　　　　　Airメールの封筒をみつけ　すぐに開封しました
　　春の風と一緒に　かすかにあなたの甘い匂いを
　　　感じとることが　できました
　日記と一緒に　同封の　あなたの手紙
　　　　　　　あなたの涙の跡
　　　　　手でたどって　泣いてしまいました
　　1カ月過ぎましたね
　　　　　　　元気そうで　仕事にも慣れてきたようで
　　　　　　　　　　　　よかったですね
　もう一つ今日は　いいことが……
　　　　　　庭にでてみると　小さな花をみつけた
　　うす紫の花　大好きな忘れな草の花です

　　　　私の心の中に
　　　　　あなたの心の中に
　　　　　　この花を植えつけたい
　　そして　いつも心の片すみで　そっと咲いていてほしい
　　　いつもあなたがいたことを
　　　いつも私が　いたことを思いだすために
　P.S：　『タイタニック』
　　　　　　　一緒に　観たかったね

※ごめんね　こちらからなかなか電話できなくて
　　　本当は声が聞きたくて
　　公衆電話の受話器握ったよ　でもダイヤル押せなかった
声を聞くと自分の気持ちに甘えがでる
　　　また弱い自分に戻ってしまう
　　あなたに心配かけるから
　　　　　　　　もう少しがまんすることにします

今日は当直です
　　　　　今10：10PM
　　　NYは9：10AM　まだ眠りの中ですか？
　　　　　　どんな夢をみているのでしょうか
　　　　あなたの夢の中に連れて行ってください

日　　記

※昨日は　声のプレゼントをありがとう
　　数種類の　花の種を送ってくれたと
　　　　　　　　　　　　　話していたので
　　すごく楽しみに待っています
種を蒔き……芽がでて……花が咲く
　夏が通り過ぎ　秋になり冬がきて春になる
　　　毎日大切に育てよう
　　　　　　本当に嬉しい
あなたらしい
　　　　　贈り物をありがとう──5月23日（土）
日記　きちんと書いているようですが
　　　　　　　　大変ではありませんか？
　　こうして　毎日書いていると　本当に1カ月が
　　　　　　　　　　　　早く感じられますね
　こんなに遠く離れていても
　　　　　　伝わるあたたかさを
　　思いやりが伝わる
　　やさしさが伝わる
　　愛が伝わる
　　　　　　海を越えて遠くから
　　あなたの心から私の心へ
　　私の心からあなたの心へ

※5月も最後になりました
　　　ジャスミンの花咲いたよ
　星に似た形をしているんだよね
　　　　　　なつかしく甘いにおいがします
　　あの夜　二人でみた時のことが
鮮明に蘇る
　　　　　幸せな香りがします
　　　　　やさしい香りがします
　　あなたに抱きしめられた時の香りです
花一輪
　　　　今日は枕元に置き一緒に寝ます
　　夢の中で会いましょうね
　　　　　　明日あなたのもとへ送ります
　　　　　　　Koへ

日　記

5月　Japan・Kへ

5月に入り　こちらも心地よい日々を過ごしている
　　　今日は部屋に置くTVとVTRを買いにいった
日本とちがい　アメリカでは保証が付いてこない
　　自分でお金を払い　保証を買うのです!?
　　　　　　信じられない話だよね
でも　今日からは自分の部屋で　気兼ねなく
　　　　　　　　自由にTVが　観られます

明日は　Happy Mother's Day　ということで
　　　今日はとても忙しかった
昨日の朝から降ったり　止んだりの雨
　　風も強く吹いています
　　　　　日本の〝母の日〟を　思いだしていました
　　　特別親孝行なことなど　していませんが
　　近いうちに母に何か　プレゼントをしようと思います

寝るころ　コールが鳴った
あなたからかな？　と思い TEL をしてみましたが　でません
　　最近　留守が多いけど
　　　　　　　　　　　どこかに行っているのですか？
　　　こちらからの封筒　届きましたか？
　　数日後　ひさびさにあなたの声を聞いた
　　　とても楽しかった
あなたが楽しい話をしてくれると
　　　　　　　　気持ちまで明るくなる
　　　また　電話します　楽しい時間をありがとう

休日
　　お昼過ぎ　ミュージカル『キャッツ』を観てきた
　　　やっと手に入ったチケット
　　　　　　　一番後ろの席
　　それでも日本では　予約がいっぱいで観られる
　チャンスがなかったから
　　　　　　　とても嬉しかった
　　　帰る前にもう一度
　　　　　　　　観たいと思う

日　　記

３日間　晴れが続いたが今日は朝からどしゃ降り
　　　部屋に帰って来てTVを回したら
『マディソン郡の橋』をやっていた
　　　　二人で一緒に観たことを　思い出しながらみていた
　　もう終りかけのシーンで
　　　　　　　Family が橋の上で灰をまくところ
　　最初からみれなかったが
　　　　　　　　すべて頭にうかんできた　またみたいね

14時ごろまで寝て　それから起きだし
　　　半袖　半ズボンに　着替え　庭の枝切りをした
　　夢中で植木の手入れをして　ふと時計をみると
　　陽の光は街灯の橙色に　変わっていた
　　　　夜食はみんなで　部屋の前のお店（AMATO）で
　　チキンの焼いた物　パンとチキンスープ　サラダを
　　　　　　　　合わせて＄9.50で食べた

　　　　庭の手入れはまた明日
　　　　　　　　今日はぐっすり眠れそうです
　　　　　　　　　　　　おやすみ

風邪をひいてしまった
　　　　置き薬を飲んで
　　　　　　　頑張っています
庭にでて花壇を見たら先週蒔いた2種類の種が
　　　　発芽していた
　　なんとなく　嬉しい気分
　　　　　　天気もとてもいい
　　今月も　28日になりました
　　　　　　2カ月が過ぎようとしています
　　　　そちらもお変わりなさそうで何よりです
　　　　　　2日後ぐらいに送ります
　　　　　　　　　　　　　Kへ

日　　記

※6月　NY・Koへ

夜勤明けで少し寝ようかと思った時に
　　　　　　　Airメール届きました
　　　布団の中で　読みました
　　仕事も休日も楽しく過ごされているようで
　　　　　　　　　　　　安心しました
こちらは昨日とても肌寒く
　　　　　　今日は朝から陽差しが強く
　　気温の差がある日々です
ずい分お酒　飲んでいるようですが
　　　　　　　　大丈夫ですか？
　　　睡眠不足も　心配です
　　体が　一番の資本でしょうから
　　　　　　　　　　　　ほどほどにどうぞ!!
　　　それから髪の毛　また切ったのですね
　　別に見えないから　どんなスタイルでも
　　　　　　　　　　　　全然かまわないけど
　　帰ってくるまでには
　　　　　　　また伸ばしてね
　　　　　　　　　　お願いします

※『マディソン郡の橋』
　　　　　　　とても懐かしいですね
私達も　互いに年を取り　別々の家族がいて
　　別々の人生を　歩んでいるのだろうけど
心のどこかに　しまってある　素敵な　二人だけの思い出を
　　　二人だけで引きだし
　その思い出をゆっくり開け
　　　　　こんなにも楽しく　幸せな日々だったんだと
　　　　素晴らしい人生だったんだと
　　　　　　　　　話したいね
この思い出の箱を開け　二人の日記を読む時
年老いたあなた　年老いた私
　　　　　なにもなく　二人だけだったらいいね
　　　私より先には死なないでね
　もし先に死ぬようなことがあったら
　　　　　　　迎えにきてね
　　　　いつでも覚悟はできているから……

日　　記

※今　あなたに直接触れることができるのは
　　　　　　この日記の文字の上
　　　　たくさんのことを話せるのも
　　　　　　この日記の中だけ
　　あなたが書いた文字の上に
　　　　　私の涙の雫が　落ちた
たちまち　その涙であなたと私の文字がにじんだ
　　　　あなたと私　一つになったようで
　　　　　　　　　　　　少しだけ嬉しかった

日本は　そろそろ梅雨です
　　　　今日は　病院の友達と食事をしに行きました
　　いつか二人で　パンを買ったレストランへ
　　　その帰り道　国際電話OKな公衆電話をみつけました
みんなで　あなたの住むNYにかけようと
　　￥100円玉を数枚にぎり
　　　順番を決め　あなたの元気な声を聞き
　　　　　　　　　安心していました
あなたのことを　みんな思って
　　　　　　心配して　あなたは幸せな人だよね

※あなたが　送ってくれた花の種
　ワイルド flower は　すくすく伸び　もうすぐ花が咲く
ブルーサルビアはまだ　1センチも伸びない
毎日　お水と愛情を注いでいるよ
　　　　　　　ジャスミンもあなたから　あずかっている鉢
　大切に育てています　心配しないでね
今日も雨……目をつぶれば……
　あのアパートで　あなたの帰りを待っていた時　あの時
　ずい分　雨が多かった気がします
　　　その部屋で　雨の音を聞き
あなたのにおいがする洗濯物を整理し
二人座る黄色いソファー
　　　　　　　1人座ると広く感じるふわふわソファーで
　少しうとうとする
　時計の針は午後2時30分を過ぎたころ……
　　　　　　雨の中
　　もうすぐ　あなたが帰ってくるころ……

　　　　　　　　　　　　　　　6月18日

日　　記

❀声のプレゼントを　ありがとう——
　　　とても楽しい　休日を過ごしたようですね
あなたの明るく楽しい声を聞くと
今日がどんな日だったか
　　　分かる気がします
私まで楽しい気持ちにさせてくれてありがう
今度　セントラルパークに行ったら　たくさん写真とって
　送ってください
６月も　最後に　なりました
　　　あなたがNYに旅立つ時　私の首にかけてくれた
ビーンズのペンダント　その日から一日もはずさなかった
あなたの両手のぬくもりが　伝わっていたので
　でも　明日から７月
　　　　私のことを見守ってくれていた　このペンダン
　　　　トをはずします
　明日からは　birthdayプレゼントにくれた
　　　　　　　heart のペンダントを　付けます
　　少しずつ私も変わらなきゃいけないし
　　　　くじけそうな今を　負けないように
　　　　　　　　頑張れそうな気がします

※どこへ行っても　与えられた仕事を
　　　　　一生けん命頑張ってやりとげる
　　　　　　　　あなたがうかびます
　　汗をかきながら
　　　　　弱音など吐かずに　最後まで　やりとげられる
そんな　素晴らしい力の持ち主ですよね
　　　　　　　みんな　そんなあなただから
　　　　　　　　　好きなんだろうね

たとえ遠くに離れても
　　　　　　あなたはすぐそこにいる
　　両手を広げて　私を包みこんでくれる
心の片すみに　小さな光を差しこんでくれる
　　　　　　　　あなたに感謝します

今日これから送りますね

　　　　　　　　　　　　　　Koへ

日　　記

6月　Japan・Kへ

　　お久しぶりですね　あまり元気がなさそうですね
　　梅雨入りしたんですね　日本は
　　　　　体調など崩して　風邪ひかないでね
今日はロングビーチに行ってきた　朝曇っていたので
　　朝日がみえなかった　自転車で30分位で着いた
　　途中大きな橋があり　大きな船が通る時
　　　橋が開くようになっている

　　ビーチの砂浜は　潮のくささがない
真っ白な砂浜が限りなく続く砂浜に寝そべって　体を焼く
　　　　デジカメの写真を　コンピューターで処理し
F.Dに入れ　アルバムのように保存する
　　　　　　完璧にできれば
　　　　　　　　あなたにあのロングビーチを
　　　　　　　　見せてあげることができるのに
　　　　　　　　できることなら一緒にいければ

今日　あなたからの日記　届きました
　　　　　　　　　　ありがとう

久しぶりにいい天気だったので　ロングビーチに行った
　　　　　２時間ほど腰を下ろし　下手な絵を描き
長浜の店で　食事をして帰ってきた
　　　店をでると　空は真っ黒な雲におおわれて
遠くに青いイナズマが走っていた　寮に着く前に雨に降ら
れた

　　　夜になり　寮生今日は４人でトランプ
負けた人は小さいグラスで　お酒を飲む
　　　時間との勝負ではなく　まさに酒との勝負
ぼくはあまり賭けごとには強くないので
　　　人より多く酒を飲んだ
　　　　　　　　あー気分悪い　いいかげんにやめてくれ

こんな体調の時　あなたの声を聞きたい
あなたの声を聞くと落ち着きます
　　　　　ねむたいわけではありません
ただ……声を聞いているだけでいいのです

日　　記

あなたと電話をしている時に
　　　　　みんながビデオを観に集まってきた
電話を切ったと同時に　ビデオがスタート
　　　　酒盛をしながら　『タイタニック』をみた
みんな寝たのが４：00AM過ぎてしまった
　　　　　　　寝不足です

明日はプラダの bag 見つけてきます

ショッピングモールを３件　回ってみたが
　　　　PRADAはなく　３件目のお店で場所を
教えてもらったが　結局見つからず
　　　　　　　　　　　帰ってきました
帰ってきてAn……に言ったら
　　　　　　マンハッタンが載っている雑誌を
　　　　　　　　　見せてくれた
　　そこに分かりやすく　お店と地図が載っていた
以前から　話していたのに
　　　　　　　早くみせろよな……
　　　　次回は Madison　Ave　57th
　　　　　　　　　から行く

June 26 Friday

　　今日写真ができた
昨日のストリートフェスティバルと
　　　　　　　職場のみんなでとった写真
　　あなたの所へは　あっちこっちの風景の写真を
とってから
　　　　　8月の便で　日記と一緒に送ろうと思う

P.S：　リュックの中の切手を捜していたら
　　　　　　あなたの髪（手首〜肘の長さ）が
　　　　　出てきた
　　思わず　大切に保管してしまった

　　こちらでは紫陽花が満開です
　　　　　　明日送ります
　　　　　Kへ

日　　記

※7月　NY・Koへ

7日　"七夕"
　　たとえ会えなくても　いつも心のどこかで
　　　　　　　　　あなたがいてくれて
勇気とかパワーとかやさしさを　与えてくれる
昨日あなたからの日記と　5月に写した写真
　　　　　　　　届きました
　　陽に焼けた腕　少したくましくなったかな？
ロングビーチのスケッチ　とても上手に書けてるよ
　　あなたが風を切り　自転車に乗って走る道
　　あなたが腰を下ろすビーチ　行ってみたいです
　街灯の下にあるベンチに座って
　　　　　　　たくさん話をしたいです
　　絵を書くあなたのとなりで
　　　　　　　ボーッと海をみていたいです

※毎日とても充実した一日を送っているよ
　　　自由時間があまりないので
　　　　　その分少しの時間をとっても有効に使える
お金もあまりかからないし　無駄な体力も使わないし
　　　　　いい状態かな
今日本屋さんに行き　とても嬉しかった
　　　セントラルパークや　ロングビーチをみつけ
この場所に　あなたが行ったんだとか
　　　このベンチに座ってスケッチしたんだとか
まるであなたと一緒に旅をしている
　　　　　　　　そんな気持ちになれるから不思議
　　　そして……とても……幸せ
最近友達に
　　　　　「淋しくない？」と聞かれた
あなたが頑張って仕事をしている
だから私も頑張れる
　　　　　淋しさは　どうしようもないくらい　ある
　　だけど　それは口にはだせない
　　　　　人に弱みはみせられない
　　友達にもみせられない
　　　　　家族にもみせられない
　　　Dear my Friend
　　　　　　　いつも話をきいてくれてありがとう
肩の荷がおりて　楽になっていくよ

日　　記

※いつか二人で温泉に行きたいねと　話したことが
　　　　あったよね
　　　　　山の奥にある温泉なんか　いいよね
　　　　　　温泉と言えば冬
　　　雪景色の中　体をあたため
　　　　　　　　心をあたため
　　　時を止めたい
　　　降りそそぐ雪をみていたい
　　　　　いつまでもいつまでも

まだ梅雨は明けないけど　今日は朝から快晴
　　ずい分そちらも暑そうですね　水分をたくさんとって
日射病にならないように気をつけてね
　　　こちらは今ひまわりがとてもきれいです
NYにもひまわり咲くのですか？

　　　　　ジャスミンの花がたくさんのつぼみをつけ
　　明日あたりには真っ白くきれいな花を
　　咲かせてくれそうです。
　　　　　　　　とても嬉しいです

※7月最後です
　　　　１週間は早いけど１ヵ月は長──い
今何が辛いのか
　　　　　やっぱりあなたに会えないこと

　今日は少々肌寒いです
　夏はどこへ行ってしまったのだろうかと
　　　　　　　　　　　思えるほどです
夏が短いと　秋が長くて
　　　　　そして寒さ厳しい冬が来る
　厳しい分　春はおだやかで
　　　　　あたたかくて
桜が咲き
　　湖面に花びらが舞い
　　　ボートが揺れる
　　　　　　そしてあなたが……

　　これから送りますね

日　　記

7月　Japan・Kへ

　　　　　電話をありがとう　とても近くに感じたね
ちょうどシャワーを浴びていたので　バタバタして
泡だらけのままだったけど
　　　　切れたら大変だと思い　ぬれた体のまま
　　受話器を握り　話していました

　　今日は自転車で散歩
広大な公園を見つけた　奥中ほどには
　　　　太陽を映しだす大きな池があった

　　明日は July 4 th
　　　　　マンハッタンはカーニバル
夜は花火が上がるそうです
　　　　パレードあり　フェスティバルあり
　　とても楽しみです

今日　日本からの日記届きました
　ハンカチとラベンダーの飾り物　ありがとう
今　さっそくあなたからの日記読んでます
　　でも……全部みてしまうのが
もったいない気がして　途中で止めました
　　　　　　　　　　　　　See you tomorrow！

　　出勤ぎりぎりまで　寝ているのが常だが
12時ごろ目覚めた
　　Sun flower が伸びたので
北側の花壇に植え替えた
　　　　　　　　秋までに花を持つだろうか？

　　秋といえばコスモス
　　　　　あなたの好きな花
　　そういえばコスモスの種　売ってなかったような？

この時間（2：30AM）になると涼しくなるが
昼間はじっとりむし暑い
　　　　　　日本の気候は　どうですか？
　　　　　　梅雨は　あけましたか？

日　　記

セントラル Park を歩いてきた　とても広かった
ほぼ一周 4 時間かけて歩いた
　　　美術館　動物園　池　小さな公園がいくつかと
芝生の広場がいくつかあった
　　　森にはたくさんのリスもいる
ベンチには人が寝てたり　水着になって日焼けしている人
池でつりをしている人　ラジコンで遊んでいる人
パーク内を走る人　たくさんの人をみた
　　　　とても暑かった
　　たくさん写真をとりました
　　　　　　　　　送るからね
　　　　楽しみに待っていてね

　　それからそちらの 3 人に
　　　　　　　　ピアスを買いました
日記と一緒に同封しますので
　　　　　どれがいいか決めてください

　　　　今夜は仕事が終ってから
AndyとTommyとファミレスに飲みに行った
　　　少し英語や　会話文など　教えてもらったりして
　　　　　　楽しかった

　それから　昨夜から水に浸しておいた小豆を茹でた
　米粉を買ってきたので　団子を作ろうと思って
ここにないと思うと　とても食べたくなる
　　　　　　　　チョット団子が固く仕上がったのが残念
朝早く起きて　あんこを団子に合うかたさにのばし
　　タッパに入れて持っていった
　　　　　　みんなにあげたら　喜んで食べてくれたので
　　　　　　ほっとした

　　　　自分はというと
　　　　　　朝から　試食とつまみ食いで
　　　胃がもたれてしまった

　　　　　　　　　　　　日　記

今日で３日　涼しい夜です
　　　　　３：00AMを回ったころには寒くて
窓を閉めてしまうほどです
　　　　　８月が一番暑いんじゃないの!?
　　　　　　　　　　　　　　ね普通は
　　　　　もう秋……？

　ちょっと肌寒く感じる朝
　　　　　　太陽は11時を示している
　今年一番の蟬の声
　　　　街のノイズを打ち消すほど
　蟬の合唱　時を消し去り
　　　　　時間に追われ　汗がでる

７月30日
　　　　　　　背中の痛みや
　　　　　　お腹の痛み　大丈夫？
　　　体は大切にしてください
あなたの方が　良く知っていると思うけど
　　　　　　お大事にね
　　　　　　　　　Kへ

※8月　NY・Koへ

3日　日記と写真　届きました
自分の手であなたからのAirメール　受け取れるなんて
　　　　今日はなんていい日なんだろう
　　　　　　　　　ありがとう　ございます

　　　　仕事　遊びと共に充実しているようで　なにより
　　　ですね
　　　セントラルPark　もロングビーチも
　　　　　　　　本当に広いんですね
写真の裏側に　ていねいにコメントを書いてくれて
ありがとう！
　　　ロングビーチの静かな波音が……
　　　　砂浜を歩く人々の足音が……
　　　セントラルPark に集まる人や鳥達の声が……
　　　　　そしてシャッターを切る音が
　　　　　場所を移動するあなたの足音が
　　　聴こえてくるようです
　　　　　　素敵なプレゼントを
　　　　　　　　いつもありがとう──

　　　　　　　　　　　日　　記

※『タイタニック』のTシャツも　ありがとう
　　布団の下に並べて一緒に寝転んだ
　3人分のピアスもありがとう
　　　　シルバーのイルカのピアスにしました
お金をつかわせてごめん
　　　　　　選ぶのも大変だったでしょう？

　　　2週間ぶりにかけたあなたへの電話
　　　　あなたの祖父が亡くなったことを言うために
　ずい分ショック　受けたでしょう？
　　　でもあなたもずい分　面倒みてたよね
　休日に実家に帰り
　　　　　お風呂やトイレの介助
　　　車椅子に乗せて外を散歩したり
おじいちゃん　喜んでいたと思うよ
　　　　　遠くから見守っている
　　　　　　　　　おじいちゃんのためにも
　あなたも体に気をつけて
　　　　　　　頑張ってくださいね

※お盆休みも終り　今日から仕事です
　　　　外来が大変混み　疲れた一日です

今朝は　秋らしい風が吹いていました
　　　日に日に涼しくなって
あの暑かった日が　ずーと前のように思えるから
　　　　　　　　　　不思議だよね
　　昨夜は眠れず
　　　　　ラジオを聴いていた
　　加藤いづみさんの「すきになってよかった」の
♪曲が流れてきた
　　　なつかしい曲だと思った
　　　覚えてくれているでしょうか？

日　　記

※コスモスの花が咲き始めた
　　　　風に力なしげに揺れる花
どこにでも咲く花だけど　毎年一番先にみると感動する花
　すごく心がやさしくなれそうな気がする花
　　　　　大好きな花の一つ
27日　　　　あなたは初めて私に嘘をついた
　　　　NYに行く前に　私の友達のMちゃんには
　　　　電話なんかしないって　自分からそう言ったのに
　　　　かけたんだってね！
　　　　　　直接　私に聞けばいいことなのに
　　なんでMちゃんの携帯に　TELするわけ……？
　　今朝の魚座の運は良好なのに
　　　　　　　　いいことなんかなにもなくて
　　絶対私からは電話しないよ　今回は!!
31日　　　　最後の日
　　　　　　　私がおこっていることなど　あなたは知
　　　　　　　らないでしょうね
　　　この日記を読んで気づくことになるのでしょう
　　だけどあなたの声がききたい
　　　　　素直じゃなく意地張りの私には
　　　　　　　　それができない
　　　　　今回は強気！　どうしてもダイヤルが押せない
　　午後より仕事につく
　　　　　　　元気にしていますか？

8月　Japan・Kへ

　7時20分に目を覚ました　今日は海釣り（平目釣り）
20分位で船場に到着
　　　日差しが強くTシャツを脱いで　今日は
4ひき位はと思っていた　でも1時間過ぎても2時間
過ぎても当たりがこない
11時を過ぎたころに　出航の合図が鳴りひびいた
　　　今日は収穫なしに終った

　　　あなたの日記が　届かない　どーいうこと？
　　あなたの日程も分からない　電話もつながらない
　　何か大きな荷物でも　送ってくれている？
　　みんなで話していたんだけど
　　　　　大きな花火はだめだけど
線香花火ならOK　できたら封筒に
　　　　たくさん入れて送ってください
　　　　　　　ありがとう

日　　記

8月13日
　　　　電話をありがとう
もし　あなたからの TEL がなかったら
おじいちゃん死んだことわからずにいたよ
両親にお疲れさまと
　　　　　　言えなかったと思う
　ありがとう　本当にありがとう
遠くにいても　みんなが幸せでいればそれでいい
手紙を書いて　元気でいることが
電話をして元気な声が　聞ければそれでいい
　もし会いたくなった時　あなたの声が
　　　　自分の声が届けばそれだけで　心落ち着く
会わなければ……行かなければならない時
　　　今の自分にはできない
　　　そう簡単にはいかない
　　　　　　　目的を成し遂げるまでは

日本から持って来た　置時計が止まっていた
　　　この時計は日本の時刻を　表示させていたが
　わからなくなった
　　　　携帯電話を持っている人に正確な時間を
　教えてもらおうと思い　M.chan にTEL した
買い物に出ている時で M.chan とも M.chan papa
とも話ができてよかった
　　　　　　　　（だから時間を知るために M.chan の携帯に
　　　　　　　　　　　　TEL するわけ？……K）
９月の最初に　スカイダイビングに行くことになった
　　　　考えると恐怖を感じる
人の話を聞いていると　好奇心が湧いてくる
体験した人の話では
　　　　生まれてから今まで　目に入ってきた映像がすべて
　走馬灯のように脳裏に浮かんだそうだ
楽しみだけど恐い
　　　　　あなたからの声
　　　　　あなたからのメールまだ届きません
１週間後には……今度の月曜日にはと
　毎日ポストを覗いています
　　　　　　こんなに時間がかかるのは　初めてです
　　　　どうしちゃったんでしょうね　８月24日

日　　記

　　　夜、少し散歩がてらに歩いた
日中は暑く　夜になると　涼しくなる
　　裏庭の芝生の上で　ビールやワインを飲んだ
　疲れと涼しさで　少しうとうとしてしまった
　　　ふと気付くともう４：30AM
みんな片付けをしていた　風邪ひかなきゃいいけどね
　　　関東に台風が接近　と聞いたので
　こんな時あなたは　どうしているのかと思い TEL を
してみた
　　　留守のようです　この雨・風の中どこに行ってるん
だろう
しばらく声を聞いてない気がする
今日やっと日本からの diary 届きました
　13日の TEL で出したと聞いてから　ポストを見る日が
　　　　　　　　　　　　　　　続きました
　　　　　12日かかり　今日やっと届きました
　どこを放浪していたんだろう
　　　　　何人かの人の手に渡ったのだろうか
　　封筒は少し傷があったが　日記は大丈夫だった
　　　　よかった　無事に届いて
　待っているということは
　　　　　　　　本当に大変だとつくづく　思った

もう9月になるんだね
　　　　　なかなか電話もつながらず
　　　　台風の被害は　どうだったんだろう
　　　　　恐かったんじゃないの？
　　　　　　　　　　また電話します
　　　　Kへ

日　　記

※9月　NY・Koへ

　　　　声のプレゼントをありがとう
　　　　　　いろいろな誤解がすれちがう
　　ごめんなさい　素直じゃなくて
電話を切ったと同時に　あなたからのAirメール届いた
　　　釣りに行ったり　飲みにいったり
相変わらずの私生活が　離れていてもみえる気がします
あなたの日記の文面に
　　　　あなたの言葉が　思いが
私の心に深く入るページがあります
　　あなたがその文章を　どんな思いで書いているのか
知りたいです
　　　　9月8日　海を見られていいなあ
　　　　冬の海　また　見たいですね
　　　　　　　　♪ドリカムのCDを送ります
　　　　線香花火も　数がたまり次第送ります
　　楽しみにしていてください

※久しぶりの好天気です　快晴です
　家の掃除をし　本屋さんに行き『マザーテレサの旅路』という本を買いました
本の裏にインドカルカッタ　ボランティアツアー募集が載っていました
一度行ってみたいと思っていたので　さっそく電話をして　資料請求しました

　　　　もうスカイダイビングしましたか？
飛び立つまでどきどきしたり
不安感や恐怖感などで　不眠状態に陥ると思います
　　　だけど空に飛びだすと　風感に変わり
再度挑戦したい気分に　なるのでしょうね
　　　　　　どんな思いで
　　あなたはこの広い空を　飛ぶのでしょうね
　　　　　　無事を祈ります
　　　　いろいろな話をたくさん聞かせてくださいね

　　　　　　　　　　　　　　日　　記

※敬老の日で休みです
　　　　　　　TEL をありがとう
最近　寝る時の布団の位置を換えました
西を頭にすると前方に窓があり　星や夜間飛行がみえる
　空・星・月などみながら
　　　　　　　　いろいろのことを考える　そして祈る
どうかあなたが毎日を　無事に過ごせますようにと
　今日は体全体に　あなたの声を封じ込めた
　　あなたに包まれて　眠れる気がします
　　　　　　夢の中であいましょうね　おやすみ
　　　早朝より雨になった　目を開けることなく雨音を楽
　　しんでいた
　ここは二人でいた部屋
　もうすぐ午後の２時　自転車をこぎあなたが帰ってくる
　　階段を上る足音　そう——確かに耳に聞こえる
　　なつかしい足音　そしてもうすぐドアに手がかかる
　　　　　　ただいまと
　　　雨が止んだ
　　　　　二人いた部屋が
　　　　あなたが　消えてしまった

※朝から毎月の腹痛
　　薬を飲み　気合を入れながら仕事
　4：00ごろに救急が入り　忙しくなった　6時過ぎまで
　　外来をこなして少し疲れたけど
　　　　　　働いているという感じがした一日
こう忙しいと　自分が具合悪いことも
　　あなたのことも　一瞬だけど忘れることができる
体は大変だけど　心が少しだけ軽くなる気がする
　　そして一緒に働いているメンバーに　とても恵まれている
お互いを助け合い　支え合いまとまっている
　　　　私なんか特に
　　　　　　　　みんなに助けられている
　　　　私のこと　家庭のこと　あなたのことを
　　　　　　　　分かってくれている人がいる
　　　そっと陰で支えてくれている
　　　　　　　　　ありがとう　みんな

　　　　　　　　　　　　日　　記

※明日で９月も終りです
　　10月に入ります
　　　　　何事もなく無事に　半年過ぎたことを
神様に感謝します
　　　　残りの月日をKoが
　　　幸せに楽しく病気などしないように
　　　　　　　　　見守ってあげてください
　　　　　私も祈ります
　　　　　　　あなたらしく過ごされることを
　　　　　　　　　　９月29日　火
　　　　Koへ

9月　Japan・Kへ

　3日
　　　今日は18時からの仕事　13時ごろまで寝ていた
　　家のことをしたことのない　Tommy が　芝刈りをしてい
たその音で目が覚めた　シャワーを浴び
あなたに送る日記を封筒に入れ　郵便局に行った
局の人はやさしい人で　私があまり英語がわからないこと
が判ると　ゆっくりと簡単な言葉で　話してくれた
　　　　　　　それからマンハッタンに行った
　　ブルックリン・ブリッジを　歩こうと思い向かった
橋は上・下段になっている　下段は両端が車輛道路
上段は両端が空いていて中心が板張りの歩道　又は
自転車道になっている　この橋はどこよりも高く
そこから見る景色は雄大だ！
高層ビルも　自由の女神も　小さくみえた
　　　　　　それからPRADAのお店に行き
　　あなたが欲しいといった　バッグをみつけた（2種）
　　　日本で買った方が送料の分安いよ
　　　　　　　　考えてみて！

日　　記

　　明日　スカイダイビングに行く予定だったが
　　　　　ダイビング会社の都合で　19日に延びた
　　命も13日延びたよ
今　キャンドルの灯で日記を書いている
　　停電で電気を要するすべてのものが使えず
　先ほど買ってきたキャンドルで　こうして書いている
　　　　　穏やかな夜だ
　　　　　　　　　たまにはこんな日があった方が
　　　　　　　　いいような気がする
　　　　穏やかな夜
　　　　　　　　思い出すよ　二人ですごした夜
　　　　　　　　月明かりの中散歩した道
　　　　　　　　いつまでも話してた夜
　　　　　　　　　　覚えているだろうか……？
　　　ストームの去った朝は　とても清々しかった
空気が澄みちょっと涼しかった
　　　　　　　　　結局朝の５時まで停電だった

昨日から冷え込み　昼間から冷たい風が吹き
　　　夜には晩秋　初冬を思わせる気温になった
半袖　半ズボンから
　　　　　長袖　長ズボンの生活に変わった
　これらＮＹは来年の４月までの８カ月
　寒い日が続くのだと思う
今日は Tommy と一緒に　早起きしてマンハッタンにでかけた
　　　　Downtown にある革ジャン屋を捜し
　　なんとか気に入った革ジャンを
　　　　　　　　　　　　＄200　税込みで買ってきた
　帰りに〝Water　Front　Park〟という
　海の見える公園に寄った
　　　好天とさわやかな風の吹く静かな所で
ベンチに寝ころんだ
　　それから　28・29・30日とキッチン（お店の）
　　　改装のため休業となった
私の部屋にみんなで集まり
　　　　　　　　　　旅行の計画を立てた
　お金がかからず　時間をいっぱい使える所ということで
　　〝マイアミ〟にほぼ決まりそうだ

日　　記

お店からの帰り道　広い駐車場を通ってくる
　　　そこに大きな木が　何本かあるが
　　　夜そこを通ると大きな銀杏並木のような
　　　　　錯覚をおこす
黄色く色付いた葉の舞う並木道を
　　　　　　　　二人で歩きたいです
　　　マイアミの旅行券航空券が届いた
　　　　　　あと３日働けば……

　　　　　　マイアミへ

１日目

　みんな５：00AMに動き出し　ロックビンセンター駅前か
らJFK　Airport行きのバスに乗った　９時過ぎにターミ
ナルを離れ　12時にマイアミに到着した
　ここは常夏の国　日差しも強く湿気も高い
　レンタカーを借り
　　　　　　マイアミビーチに行った
　真っ白な砂浜　海は透き通っている
　　　　　　空は青く澄んで南国そのもの
　　　　Key　Lago に行って宿泊することになった
マイアミから南南東へ60マイル（100㎞）位の所にある町
シーフードの店でワニ・イルカなど
珍らしい物を注文し　食べた
　　　　キーライムパイが　一番おいしかったかな
　　　　　　　　ホテルに着いたら誰一人
　　　言葉をださずに　寝てしまった気がする
　　　　　　　　熟睡……

日　　記

マイアミ　2日目
昨夜調べておいた　ダイビングのお店に行った
　体験ダイビングが出来ることになり　みんな大喜び
ダイブの仕方　用具　注意　器具の名前　付け方　呼吸の
　　仕方など
講習を2時間受け　船にのり　海にでた
遠浅の海で船がスピードをだしても
　　　　　　　底が見えるほどきれいな海だった
海の中も感動した　まるで水族館のようだ
　　　　　　　大小の魚が目の前を泳いでいる
　2回ダイブを楽しみ　船に上がった
ショップに戻り　道具を返し　17時近くになってしまった
　夜は居酒屋で酒を飲んで　食事をし
0時半を過ぎたころホテルに着いた

マイアミ3日目
　夜中に目が醒めると　すでにみんなねていた
　　9時に起きだし　出発の準備をし
市内のショッピングモールに行き　土産を買って後にした
　もう一度ビーチを見たかったが　時間がなかったので
　　　　　　　あきらめた
　たくさん写真をとりましたので
　　　　　出来次第送ります
　　　　　　とてもきれいなビーチでした

　　　　　これで3日間の休みも終った
P.S： ノートが残り少ないので
　　　　　　　　　　New　Oneを送ります

日　　記

※10月　NY・Koへ

１日　ここんところ　１週間ずーと雨
昨日は休みだったので　友達とまだ紅葉の早い那須へ
　　お昼に以前あなたと二人で行ったお店〝ジョイヤ・ミーア〟へ
¥1,500のスペシャルランチをおいしく食べてきました
　　　　　公衆電話をみつけたので　電話してみましたが
　　　留守のようでした
　　そう言えば　この間の TEL でマイアミに旅行に行くと
　　言ってましたね　旅行中なのですね
楽しい旅をしていることでしょうね
　　　　　帰ってきたら楽しかった話　きかせてくださいね
10月に入りススキ　秋桜　金もくせいの花などが咲き
　　　　涼しい季節から寒い季節に　変わろうとしています
　　　　あなたのあたたかなその手
　　　　なつかしく思う
　　　　　　　　　　今日このごろです

※日記と新しいノート　写真をありがとう
　　　　楽しそうでよかった
いつもたくさんの文字で　ノートを埋めてくれて
ありがとう
　　　　　大変ではありませんか？
　あなたの写った写真が　1枚もないのが残念です
約10日ぶりに書く日記です
　　先程TELで話したように　14・15日と十和田に
旅行でした
まだ紅葉は早く台風の接近で雨となり
チョッと物足りない旅行と　なってしまいました
　　　あなたから誕生日祝にもらったハートのペンダントと
ブレスレットをしていきました
　　　　旅行中　あなたと一緒に
　　　　　　　　　　時を送れた気がします
　　　それだけで十分です

日　　記

※声のプレゼントをありがとう

折角の休みをどこへも行かずこうして布団の中で
　　過ごしています

でも　目覚めにあなたの声が聞けて
　　　　　　それだけでも幸せな休日です

いつも長電話になっちゃって　電話代大変でしょう？
　　　　ごめんね　いつもお金つかわせて
　こうしてお互い日記の中で話しても

また　声を聞けば　たくさん話したくなるから不思議
　　　　　風邪早く治ってよかったね
　　いつも喉から始まり　咳がでて

そんなパターンの風邪をひくんだよね
　　　　熱がでないでよかった

水分たくさん摂って　早めに休んでね
　　　　　　気をつけてね

　髪の毛また短かくしたの？
　　　私の髪はずい分伸びました

あなたが帰ってくるまで
　　　　　　　　切らない約束なので守っています

今夜は冷えています
　　　　あなたの体温をおもいだして　ねむろうと思います
　　　　　　おやすみなさい

※24日
　4：40PMごろになると　陽が沈みます
外来に貼ってある大きなカレンダーを見ては
　　　もう1カ月経った……
　　　また1カ月経った……と毎日のようにながめている
陽が沈む時
　　　　胸に手を当てそっと祈る
あなたがどうか　無事で今日を終らせ
あなたがどうか　元気で明日を迎えることが
　　　　　　　　　　　　　　できますように
考えてみると　私には今が一番いいのかも知れません
　　　こうしてあなたを一人占めにし
心のままをあなたと話せるのだから
　　　　この幸せは　いつまで続くのだろう
　　　　あなたが帰って来たら　どうなるのだろう
別々の道を歩かなきゃいけない
　　　あなたの帰国とともに　私達二人の思いは
　封じこめることになるのだろうか
　　　それはきっと　辛い日々になるだろう
　何かと闘いながら
あなたと別々の道を歩いていく自分が
　　　　　　　　見える気がする
　　　　　　　悲しいけれど
もうすぐ11月5日の木曜日に送ります

日　　記

10月　Japan・Kへ

1日

　　　　昼間はちょっとムシ暑かったが　朝晩は寒いくらいです
　　　　そちらも日中はまだ暑いようですね
　　　　こちらと温度はちがうでしょうが　朝晩の冷え込みで
　　　　　　風邪ひかないようにね

　マイアミの疲れがでてきたのだろうか　体がだるいです
こうして日記を書いている時も　眠気がおそってくる
　　　書かずに眠れ！　と　誘惑する
　　　　　　　寝ます……

5日
　　　　　ずっと延びていたスカイダイビングをしました
昨夜の雨をよそに　朝焼けで一日が始まった
　　　　　飛びました
　　　　恐怖と感動といっぱいしゃべりたいけど
周りが外人だから　言葉が伝わらなく
あなたのところに TEL をして
冷めきれない感動を
吐きだすことができて　すっきりした
　　　　　　　　楽しそうな　話ばかりで
　　　　　　　　　ごめんね
　　　　今度の日曜日は　乗馬にチャレンジです

日　　記

今日は乗馬に行った
　　Horse　Riding　Academy に７人で行った
１人＄19と　手頃な値段で遊べるスポーツ
　　　申し込み用紙に記入し　いきなり乗らされた
林の中の道を歩き　海辺に出て砂浜を走った
　　ただ　とても尻が痛かった
この痛さに　誰一人またやろうという人がいなかった
正味30分程度だったので　時間があまり
遊園地に行った
　　そこの木板で作られたジェットコースターが
Sky ダイビングなど　問題にならないくらい恐かった

14日　　今日はよう子 chan の birthday
　　　　Tommyと２人でアイスケーキを買ってあげた
アメリカの菓子系だけに
　　　　　　　　とても甘かった
十和田旅行　楽しかった？
　　台風の中　ごくろうさま
　　　　　　　楽しい思い出　作れたかな？

体調を崩し　なかなか治らないのは
気候が不安定なことと　室内の暖房がきいていて
　　空気が乾燥しているからだと思う
今度の休みに　加湿器を買おうと思っている
　　　　　またのどが痛い
　　本日　野球　ワールドシリーズ３日目
　　　　あと１回　ヤンキーズが勝てば優勝
人はみんなTVにかじりついて　野球を観ているので
　　外出どころではない　今日もひまだった
昨夜２時に　１時間繰り下がり　冬時間になった
　　　日本との差は14時間
心配して　TELをいただき　ありがとうございました
　　　　本日は良好です
あなたのあたたかな声を聞けただけで
　　　　　　　体調　良くなったようです
　　　いつも　ありがとう

日　　記

　夏と冬しかないロング・アイランドに
　　　今　あたたかい冬です
チョット厚手のシャツを着ると　汗をかく程度です
今回も話がはずみ　あっという間に
　　　　１時間が過ぎてしまいました
時間をただ過ごすには長いですが
　　　　楽しいとあっという間です

今日は　ジョーンズ・ビーチという所に
　　　　　　　　　　　　行ってきました
ロング・ビーチより数倍きれいでした
カメラを忘れたのが残念　また行ってみたいものです

明日の31日はハロウィーンです
　　　　みんなそれぞれに仮装するそうです
　ぼくも仮装します
　　　　写真出来たら送ります
　　　楽しみに？　待っていてください

　　　　　加湿器を買いました
　今夜は加湿器をつけ　風邪薬を飲んで寝ます
　　　　　　おやすみ

※11月　NY・Koへ

　　　今日から　あなたがくれたノートです
　今度の日・月は友達と２人　伊豆旅行です
　少しくらい寒くても　天気がいいと　いいな

9日　　伊豆は最高でした！
　　踊り子号から見える真っ青な海　きらきら光る波
　　城ケ崎海岸　こんなにきれいで感動したのは
　　　　　　　　　　　　　　　久しぶりのこと
　　　あなたと最後に　東京なんかに
　　　泊まらないで
　　どこか遠くに旅行でも　すればよかったね
　　時間が　自由に　使えた　最後の日
　　　　　もっと有効に　使えばよかったよ
　　伊豆→東京に向う途中　成田エキスプレスに
　　すれ違った
　　　　思い出して　淋しくなったよ
　　　　心臓が速くなり　息苦しさを感じたよ
　　今日は伊豆で26℃の夏日
　　　　11月なのに　夏日というのは
　　　　　　　　20年ぶりのことだと
　　　　　ペンションのオーナーが話してくれました
　　明日からは　また北風が吹いて

日　　記

寒くなるそうです

※10日
　　　　あなたからAirメール届きました
　　　　　ハロウィーンの写真　まるで別人の変身ぶりに
　　　おかしいと言うより　びっくりです
　　　　　　楽しく過ごしているようで　よかったです

　　　外は今にも雨が降りだしそうな
　　　　　厚い雲に　おおわれています
　　　　今日は気分的に落ちこんでいます
　　　あなたの声を聞きたい
　　　　でも　あなたの声を聞いたら　泣きそうだから
　　　　　あなたに心配はかけられないから
　　　　　公衆電話のボックス
　　　　受話器を握りしめ
　　　　　　　0041　1516……まで押しましたが
　　　　　　止めました
何故　そんなに遠くにいるの？
何故　こんなにも淋しいの？
何故　こんなにも辛いの？
　　　どんなにも……
　　　　　　どんなにも祈っても
　　　　　　　　　会うことはできない
　　　会いたいな　あなたに

　　　　　　　　　　　　　日　　記

※午後より買い物に行った　大好きな
銀色夏生さんの本　あってよかった
　国際電話のボックスをみつけた
　　　　　　　それも嬉しかった
帰り道　あなたの住んでいたアパートの側を通った
　　あの部屋にはもう誰かが住んでいるのだろうか？
　陽あたりのいいベランダには
　　　　　　　何が干してあるのだろう
二人並んで外を見ていたあの場所に
今は誰が立っているのだろう
　　　１年間あたたかく私を迎えてくれた
　　　　　　　205の部屋　ありがとう

　　あなたに私の気持ち　分かるだろうか
あなたは今　楽しく充実している日々を過ごしている
　私のちっぽけな　こんな思い届くわけがない
　　そしてだんだん忘れて
　　　　　　遠くになっていくんだよね
　　人はそんなものだよね

※今日は『マディソン郡の橋』のビデオ　レンタルして
　　　　　　　　　　観ました
　　たった４日間の愛を　生涯忘れることなく　心に刻
　　みこみ　それだけで生きていったのだから　すごい
　　女性だと思う
私にはとてもまねができない
これから続くであろう長い人生を　あなたが消えたら
　　生きて　いけないと思うから……
そろそろ12月　Xmas のイルミネーション
　　　　　　　　　　　　きれいなんでしょうね
　　　今夜は　とても寒いです
こうして文字を書いている手が　冷たいです
　　　　　でも……
　　　あなたの手の　あたたかさ　おぼえています
　　　左手と右手をそっと合わせました
　　　　　あなたのあたたかさ　伝わってきました
落ち着いてあたたかく眠れそうです

　　　　　　　　　　　　　　　　ありがとう──
　　　　　　　　　　Koへ

日　　記

11月　Japan・Kへ

昨日　Tommyと話をして　明日の休日予定は何もないと言ったら　メトロポリタン ミュージアムにでも行ったらと言われた
　セントラルパークを通った
それは夏の青々としたパークとは違い　紅葉していた
歩く足音は　落ち葉でカサカサ音を立て
冷たい風で　ちょっと淋しげな感じがした
２つほど　発見をしました
　　　　１つは真っ黒いリスを見た
　　　　もう１つはイチョウの木　しかも銀杏がなっていた
　何かとてもすごい発見をしたような気がして
　　　　　　　　　　嬉しかった
ミュージアムも　ぽちぽちよかった
　　　　広すぎて一日丸々使わないと　回りきれないくらい
帰り道
　　　　真っ暗い中　一人銀杏を拾った
　なんかとても感動しました
そして少し淋しい気持ちになりました
　　　　　　　　元気でいますか？
　　　　　　　　　　何をしていますか？

Nov 8th Sun
　ロック・クライミングに行ってきた
　　　ここから車で２時間半　北に走った所
　小さな湖があり　その湖をはさんだところに
白い肌の岩があった　直接垂直に登るのではなく
　　岩山の周りを歩きながら　徐々に登っていく
頂上にでる　そこからみる景色は　素晴らしかったが
　下を見ると恐しかったのも　確か
　　　　　　　　　　　　翌日は筋肉痛になった

Nov　10th
　　いつも電話にでてくれて　ありがとう
特別なことを話したいわけでも
　　聞きたいわけでもないが
　　　　　　あなたの声を聞けると　安心します

　　今日　髪を切った
いつものように脇だけを　バリカンで切ってもらい
　　てっぺんはそのまま残してもらった
　まだ　あたたかい冬ではあるが
朝晩の寒さには　ちょっと耐えられないかも

日　　記

あなたはすでに知っていますか？
　　　ロックフェラーセンターに大きなXmas ツリーが
　　　　　　　立てられたのを　日本のTVで放送した？
この近辺にも街路樹や街灯に
　　　　Xmas の飾りと電気が　点きました
個人の家ですが　庭から家まですごく飾りを　する所があるそうです
　　Xmas 前に　みんなで見にいくので
　　後で写真を見せましょう

Nov　26th　Thanksgiving　Day
　17世紀にアメリカに移り住んだ清教徒達が
アメリカの原住民の協力を得て　収穫を得ることができた
　　　食物収穫に　感謝を　する日です
と言うことで　今日は休日
　　マンハッタンに行き　カラオケで歌いまくり(7時間)
　　その後　包丁を買いに行った
　　欲しかった包丁を＄360で買った
カラオケの7時間は　楽しかったけど
　　　　　　　　疲れたよ

マンハッタンはもう　Xmas 一色でした
　　街並もデパートも　Xmas の装いです
　　ロックフェラーセンターの巨大な木も
　　　　　　　　　電球に灯が　入るだけになっていました
　　あなたにも見せてあげたいです
　　　　　　本物を……

Nov　30th
　　　　　　　　今　髪を染めています
　　元の黒髪が　目立つようになったので
　　昨夜　熱いシャワーを浴び　汗をかいたまま寝たせいか
　　　今朝　下痢と鼻水　くしゃみがでる
　　暖房が効き過ぎるのも　問題だね

　　　　風邪　ひいていませんか？
　　11月も今日で終りです

日　　記

※12月　NY・Koへ

　今日NYへエアメール　送りました　みんなの手紙も
　　　　　一緒に同封しました
今日は気温13℃　曇り空なので　肌寒い一日となりました
　　私の好きなグレー色の空

　　　　♪君を思って空を見上げると
　　　　　　　どんどんやる気がわいてくる
　　　雪の野原　花の咲くころ
　　　　　口笛が凍えそうな空でも
　　　君の声が聞こえる　　　　　　　　　　by 銀色夏生

　毎日元気で楽しく充実した時を
　　　過ごしているようでなによりですね

P.S：　あなたからのdiary 届きませんね
　　　　　　いつ出したのでしょうか？

※昨日やっと電話がつながった
　　　　こんなに苦労して　TEL するなんて久しぶりのこと
あなたからのメール届かないので　郵便局の人に聞いてみました
　　　今は Xmas が近いので　郵便物が混んでいるそうです
　　　２週間くらいはかかるかもしれないと
最初から書き溜めていた　二人の日記を読んでいました
　　　４月ごろのチョッと不安気な　あなたの毎日が
月日と共に　いろいろなことを身に付け
　　　今は　とても自信に　あふれている
今のあなたは　とても素敵だよ
　　　　　　　輝かしいあなた　そして
　　　　　　　　　　手の届かない所に行くんだろうね

今日は　Xmas ツリーを出しました
　　　来年はいい年でありますように！

日　　記

※21日
　　　　　　　おめでとう　誕生日
　　思い出に残る birthday になることでしょうね
　　　　　何もプレゼント送ることができなくて　ごめんね
一つだけ　今年最後のお願い
これから二人別々の道を　歩くことになるよね
　　　　　だけど　あなたと私の birthday
これからもずっと贈り物だけは　続けてね
高価な物じゃなくて　二人だけにしかわからないもので
　　　　　　　いいから
　　そんなことは許されるよね
　　　　　　　　お願いします
それでは歌を　歌います
　　　Happy　birthday　Dear　Ko……君
Happy　birthday
　　　　　　to　you

❃Xmas
　　　小原　孝さんの piano コンサート♪
piano はいいですね　心が穏やかになり
　　　　　　　あたたかい気持ちになる
一番前の席は　piano を弾く指が良くみえる
　小さい指しなやかに
あなたの手を思い出した
　　　　左と右の手の指を握りしめた
目をつぶり　あなたをおもいだした
　piano の音が心いっぱいに響く
あなたがとなりに座っている
　　　　　　　　素敵な Xmas をありがとう──

日　　記

※30日　　　　今年最後の日記　最後の仕事
　　今年があと１日で終るなんて　月日が経つのは
　　　早いね
　　あなたがいなくても
　　　　　　　　　それなりに時は流れ
　　　　笑える自分もいるんだと……いろいろ考え
　　　させられた１年でした
　　来年のことは分からないけれど
　　二人にとって　辛く苦しい日が来ることでしょう
　　それはどんな訪れかたにせよ
　　　　　　　　　　　確実に訪れる
現に　その日に向かって歩いているのだから

NYでの　良い年を
　　　　　　迎えてくださいね　Koへ

H10年12月30日

12月　Japan・Kへ

　　こちらも12月に入り　あたたかい日を過ごしています
　　でも　頭がちょっと寒いかな（昨日剃った）
　今月末から　ハンターマウンテンにあるレストランに
　社長と私　Andy が行くことになった
雪がないので　人工降雪機で作って　open に間に合うよう
にするらしい
　　　スキーも出来るし　とても楽しみです
今　電話をしてみましたが　でません
　　　　今日みんなで　どこかに行くって言ってたっけ
　私からの郵便物届きましたか？
　　　　　私への郵便物はまだ届きません
　もう１週間たつのに　まだ届かない
明日は　日曜日だから届かないだろうと　諦めていたところ
　　　　　　　届きました
　　　また住所まちがえていたかと思っていたよ
　　　　　　遅いじゃないか　それにしても

日　　　記

　今日は社長の birthday
くすんだ水色のセーターを贈った　社長の趣味かどうか
　わからないが　喜んでもらえたようだ

　明日からハンターマウンテン　スタート
山へ行く準備をした　忘れ物がないように
　　リストアップした
ハンターM　open 初日
　　　　　6：00AMに起きて　7：00に仕込みを始めた
　　10時ごろに終り　少しゆっくりして　12時からの営業
　　になった
　　　　客入りはチョロチョロ　今ひとつかな
　　山の近くに　家を1軒借りている
　　　　　　　　そこで寝泊りしている

2日目　　今日もひまだった　かえって疲れた
　　昨日は窓を開けていられるくらい　あたたかかったが
風が冷たくなり　徐々に気温が下がり
　　　夜には外の水たまりに　氷が張ったくらいだから
　　　　　　　氷点下にまで　なったのだと思う

129

今日は私の誕生日　30歳
　　みんなで　イタリアンレストランに行った　イカス
　ミで有名なレストラン
　とてもおいしかった　デザートの盛り合わせに
　ローソクとハッピーバースディの歌で　祝ってもら
　った
　社長からボールpen　ほかの人達から冬用の帽子
　銀の大きなピアス　そして日記帳をもらった
　　　　みんな　ありがとう

24th　Xmas　Eve
　　　9時を回ったころ　雪が降りだした
アメリカで初めて体験する雪　なんとなく心踊る
　　　仕事終了後ロックフェラーセンターに Xmas ツリー
　　を見にいった
大きくて　とてもきれいなツリー
　　　　　　日本では見れないね
　　　　　　　　見せてあげたいです　一緒に

　　　　　　　　　　　　　　　　日　　記

27th　ポストオフィスに行き
　　　　　　　　郵便物を捜してくれるように頼んだ
　　ロサンゼルスに依頼して　捜してくれるらしく
　　少し時間がかかると　言われた
　どこを旅しているのだろうか　二人だけの日記帳
　　　どちらかの手に届くように祈るだけです

今日は大晦日
　　　　　店に入り　包丁を研ぎ
ニューイヤーズ Eve なので忙しいと予想　早くも作り
　　始めた　あっという間に　5時開店
お客さんはどんどん入り　テイクアウトも追加のオーダー
がたくさん入った

　　忙しい大晦日でした
　　　　　　今年　最後になりました
別々の世界で
別々の時間で
　　　　　　　新しい年を迎えるんだね
　　おやすみ
　　　　　そして
　Happy　New　Year
　　　　　　　　Kへ

日　　記

※H11年1月　NY・Koへ

　　　　　　明けまして　おめでとう　ございます
　　　今日は東京　雪が降ったそうです
朝から寒く　今朝の気温は－4℃　日中は8℃
　　　　　　　　寒いです
こんな日は　あなたの体温に解けこみながら
　　　　　　眠りたいです
相変わらず　うす緑色の diary 届きません
どこを旅して回っているのでしょうか？
　誰かの手から手へと渡っているのでしょうか？
どうかお願いです――もし所持している人がいるなら
　　　私達のもとに　返してください
　少し汚れていてもいいです
　　　　　　　　記入されている住所に出してください
　　あきらめないで待っています
　　　　　そこまできているような気がします

※新しい年に突入して　何かと忙しい日々です
　　　　　春ごろまで続くかな
NYの年明けは　どうでしたか？　日本は意外にあたたかい
　　　　お正月です
　　私はいつも嫌なことがあると目をつぶり
　　　　それをさけて通ってきた　そんな気がします
だから今年は　自分に素直に　正直に　何事も前向きに考え
　　嫌な道でも　しっかり自分の足で歩ける
　　勇気を持ちたいと思います
　　　　　　　（最初だけで　すぐにくじけるのだけど）
　　　もうすぐ　この辺は梅の花が咲きます
　　　　甘くていい香りですよね

 8日　声のプレゼント　ありがとう
　　　　　　　　　　元気そうで　よかった
　　　　　スキーも出来てよかったね
　　新しいノートになりました
　　二人だけの宝ものが　また１つ増えました
たまった日記帳は　どうなるのでしょうか？

　　　　　　　最後には私の元に全部かえしてくださいね

日　　　記

※12日　　　梅の花咲いている枝　見つけた……
　　　あなたに一言　いつ帰ってくるの？
　　　　　その一言が聞けなくて

　今週はいつも通りに　4日間でAirメール届いたよ
　　あなたの毎日の生活が　良く分かります
月日が経つごとに　登場人物も増えてきました
楽しい毎日　居心地の良いその土地を
あと数カ月で終らせることが
　　　　　　　　あなたにできるのでしょうか？
　　生活の切り換え
　　気持ちの切り換え　簡単なことじゃないよね
今日は午後より外来が混んだ
　　　　　くたくたになり　夜を迎えたという感じ
何の言葉より……
　　　　　あなたの笑顔がみたい
何のプレゼントより……
　　　　　あなたの手を握りたい
　今欲しいのはそれだけ……

※日に日に陽も伸びて夕方５：００近くまで
　　　　　明るくなりました
私も元気に　風邪をひかずに頑張っています
　　　いよいよ今日の午後は新年会です
　　　　　ふぐ料理のお店『明日香』へ
おいしいものをたくさん食べてきます　行ってきます

31日　　『明日香』のふぐコースは　とてもおいしかった
　　　　最後のふぐ雑炊は　とてもおいしかったよ
　　　　　　さて　今日で１月も最後になりました
春のようにあたたかい日です
　　　　本屋さんに行く途中　嬉しいものを発見しました
　　　　　　桜草の花です
何故かこの花をみると　とても幸せな気持ちになる
　　　　　あなたの部屋の窓辺にも　飾ってあった花です
　　　　白とうすいピンクの２種類を
　　　　　　　　買いました
　　　幸せな気持ちで　１月も終りになりそうです
　　　　　　　　　　　　　　遠くの　Koへ

日　　記

1999年1月1日　Japan・Kへ

「この日記帳は

　　　僕の誕生日に

　　　　　　　Tommy　こと……
　　　　　　　Andy　　こと……

　　　　　　　　　　　から　いただいたもの」

　元日なのでランチは off　10時に店を上がり
社長と　ハンターの店に　行った
　雪が山をおおい　正月ということもあり
　予想通り大入り　18時までキッチンに立ちっぱなしで
くたくた

　　　　　　　　　　　今日のMは　氷点下18℃

Jan　3 rd　Sun
　　　天気予報があたり　ビーズ大の氷から雨に変わった
　　　4日・5日・6日と正月休み　TommyとAndy の
　　　3人で　スキーをする予定です
　　　その前に　溜めていた　日記を書いています
　4日になり　9時半　スタートです
　　　昨日の雨で　スキー場は　ガチガチの雪山
　　　固い雪の上に転び
　　　　　何度　脳震とうを　起こしそうになったことか

Jan　7 th

　　　月曜日から筋肉痛　全身が重たい
仕事もほとんど　身に入らない　状態
　　　　今日　そちらからのメール届きました
　　　ありがとう──
私の12月分のメールは　〝紛失〟と通知が届いた
　　　どうしよう──

　　　　　　　　　　　　　　　　　　　ごめんね
夜降りだした雨が　仕事を終るころには　雪になっていた
　　　　今年一番の寒さ　だったのではないかと思う
　　　　　そちらも　寒いでしょう？
　時差はあっても　季節は　同じだね
ちょっと思うことがあって　パソコンが欲しくなり
値段もそこそこの物　欲しい物を付け加え
月始めごろ　購入しようと思います

　　　風邪をひいたようで　鼻声　のどが痛い
タイムズスクェアーに行き　みぞれの中
　40分間歩いた　体が芯まで冷えきった
　　　　そのせいだと思う
　　薬を飲んで　寝ます

　　　　なかなか風邪が　良くならない
今日は熱もあり　ボーッとした感じ　体が動かない
　そこらじゅうに体をぶつけ　皮がむけるくらいの傷を
　つくった
　　　　今日も薬を飲んで　寝ます
明日　目が醒めて　最低でなければ　いいんだけど
　　　　薬が効いてきたようだ　とても眠い
　　　　　　　　　　　　　　　　　おやすみ

Jan　29th　Friday
　　　　　体調も　良好になりました
　　今日もハンターの仕事　open 前から客が列をつくり
　　　　12時〜17時まで　それが絶えることはなかった
　　3人で仕事だったので　後片づけも速く　帰れる時間
　　も早かった

31th　1月最後です
　　　　まだまだ　寒い日が　続きます
風邪　ひかないようにね
　　　　　　　　　　　　　Kへ

❄2月　NY・Koへ

2月3日　急に　寒くなりました
　　　　また　年も取って　しまうんですね　やだな
　　久しぶりに　あなたからの　声のプレゼント
　　風邪をひき　腰が痛くなったと　言っていましたね
　　これを書きしだい　早急に薬　送りますね
バレンタインDay の　チョコレートの代わりに　薬を……

　　　それから　新しい日記帳　きれいな日記帳ですね
　　あなたが大切な人からいただいた　この日記帳に
　　私が書き始めていいものか　と思いましたが
　　　折角二人が交換日記を　つけているのを知って
　　プレゼントしてくれたのだから　こうして文字を記し
　　ています

TommyさんAndyさん　素敵なプレゼントを　ありがとう
　　　　　　　　いつも側にいて　彼を助けてくれて
　　　　　　　　　　　　ありがとうございます
　　この日記帳の真っ白いリボンテープ　長いテープ
　　いつか二人　別れる日が来ても
　　　　　　１本の白いテープで　心のどこかは　つながっ
　　　　　ていて欲しいな

日　　記

※昨日は　友達と『アルマゲドン』の映画を観てきました
　　久しぶりに　とても感動しました
NYでは　もう上映されたでしょう？　まだ観てない？
　　今日は雪です　約2センチくらい　積もっていました
街の風景が　真っ白で　とてもきれいです

　　　　　写真を　送って　くれて　ありがとう
　　　変わってない　いつもの　あなたですね
　　　　　髪の色も　髪形も　よく似合っていますよ
　あなたの写真の　上に
　あなたの顔の　上に　そっと手をのせてみた
　　　何も言ってくれない　あなた……
　　　　　　　　外は雪　静かな夜
　　涙が　止まらなく　なってしまいました

　　　　　　いつになっても　強くなんか　ならないよ

❄13日　　その後　元気で　いますか？
　　　ハンターMには　まだ行っているのですか？
　　庭に出て目についたのは　小さな黄色のつぼみ
　　　　福寿草の花です
　　春を見つけたような気持ちで　嬉しくなりました
　　小さなつぼみを少しだけ見せ　ここにいるんだと
　　一生懸命　生きている　小さな花
　　　　こんな厳しい季節の中で　立派に　生きているん
　　　　ですね

今日　誕生日を迎えました　友達から花束をいただきました
　　　ありがとう　ございます
周りの人のやさしさに　感謝します
冷たい季節の中でも　ふわっとあたたかい風が吹いてきて
時折　私を　あたためてくれる
人って言うのは本当に　あたたかいものですね

２月も　終りになります
　　　あなたが一年の中で　一番冬が好きだと聞いてから
　　　私も　好きになる
　　寒くて　きびしい冬だから　春が待ち通しい
　　　　人は人に対しても　あたたかさを与える
　　　　　　そして
　　　　　　自分に対しても　それを期待する

日　　記

※人に　甘えられる
　　人に　甘えても　いいような
　　　　　　安らぎを感じる
　　　　あなたの　好きな　冬

　　　　　　　　　　　　　Koへ

2月　Japan・Kへ

Feb　1st　Mon

　　朝起きてみると　腰が痛く　重かった
　　靴下をはくのも　大変だったよ　薬を送ってくれるよ
う　TELをした　いつも電話に　出てくれて　ありがとう
　　痛い時や　辛いことが　あった時　声を聞くだけで安
　　心できる
　そして　すぐに治る気が　するよ
今日は店まで　歩いてみた
　　歩いているうちに筋肉が　ほぐれ　痛みが少しなくな
　　るかな？　と思ったが　歩いても　歩いても　痛みが
　　とれず　いやになった
休みをとり　ゆっくりしていた
　　　　　少しずつ痛みが　軽快してきたようだ
　　　　　　　心配かけましたね

今日から　ハンターの　仕事へ
昨夜から雪が降り　10センチくらい積もった
腰が　完全でないため　重たい荷物を持つのが
特に腰を刺激する

日　　記

14th

　　寮に帰ってみたら　九州にいる友達から
　チョコレートが届いていた　早速 TEL をして　お礼
を言った
　　　やっぱり　日本のチョコは　一番おいしいね

夜　あたたかかったので　少し歩いて　みることにした
東京にいるころ　二人で夜の散歩をしたことを
　　　　　　　　　思いだしました
　電話を　したくなり　電話がある部屋まできたが
　　　ゆうすけが　長電話している
　早く切ってくれよ　そう思いながら自分の部屋に戻り
筋肉を伸ばす　運動をしている
　　　　　　　　チョット　調子　いいかな!?
　　やっと電話を確保し　かけてみましたが
また留守の　ようです
　　　　　　　　どこに　いるのでしょうか　あなたは

5時にペンステーションで　待ち合わせし
　　　買い物が　あるので　チャイナタウンに行った
　　　　お目当ての　チャイナドレスを購入するために
それから大皿料理の　店に行った
かぼちゃの煮つけ　おでん　ギョウザ　大根サラダ
カキフライなどを食べ　日本酒を飲んだ
　　　その後2Fの店に移動　飲んで歌って
あっという間に　1時閉店となり　帰ってきた
以前　あなたが　言っていた　チャイナドレス（黒）を
　　　Birthday present に　買いました

Feb　22th　Happy birthday
　　　　睡眠時間　5時間ぐらいだったが
　　昨日の疲れも　感じず　元気に仕事ができた
　　だが　不摂生のせいで　胃が重たい感じ
　　それと時折　睡魔が　おそってくる

Feb　25th　ハンターに向う途中　スルーネック　ブリッジ
　　を通る　今までになく　景色が　よかった
　　日が　落ちているが
　　　　　　　　まだ空が　赤紫に色づいていて
　　　大きな橋からみると　海と空と　対岸の調和した
　　景色が　なんとも　きれいだった

　　　　　　　　　　　　日　　記

１月の終りに　社長と　話をしました
　　　私の　帰る日の　ことについて
当初は　３月いっぱいといって　始めたので
　　　　　　　　そのように考えていたが
自分の言い分だけを　押し通すのも
　　　　　　　　　　わがまますぎるかなと
　店の都合も　あるし
社長には　一番お世話に　なっている
　　　　　そこで　私が出した　結論は
　　７月まで　働くこと

　　　　　　　　寒かった　２月も　終りです

❋3月　NY・Koへ

　　　　　last の diary
3月分の　私の日記帳は　ありません
　　どこか　分からないところに　無残に　しまった気
　　はするけど
　　あなたが　3月に書いた最後の1ページ
　　　あなたも　言葉を選び　書いたのだろう
3月分の日記を書き　明日にでも　出そうと思っていた時に
　　　　　　　あなたからの　日記届きました
　　　あまりのショックで　言葉にならないほど
打ちのめされた
　　　　　　　なにもかもが　崩れていく

　　もうあなたの日記は　私には　必要ないんだ
　　　そして私も　必要ない……
3月分の日記帳　1年続いた　日記帳
最後の diary になると思い
　　　　　あなたへの　感謝の気持ちを書いた
　　　ありがとうの　言葉でつづり
　　　　　封をした　最後の diary
　　消えてしまった……身をひいてしまった……

ありがとう　そして　さようなら

日　　記

3月　Japan・Kへ

　　　　最後の diary より
3日　いつからか　忘れたが　靴下が　はけるように
　　なった　夜中に目が醒め　痛くて　眠れないことも
　　　　　　　　　　　　　　　なくなった
　　　　　おかげさまで　治ってきた　気がします
　　暗くなってから　降りだした　雨は
　　　　深夜に　どしゃぶりになり　2時ごろ　夜が
　　静かになった
　　窓の外を見ると　雪に　変わっていた
　　　　　　　　　静かな　夜です
　　夢……前日　寝すぎた夜など　なかなか寝つかず
　　　　寝ても　浅い眠り
　　　　　　　こんな時　夢をみます
　　　　朝　目を醒ました時などは
　　　　覚えているのですが
　　　　少し　過ぎると
　　　　　　　　　すでに　忘れています
　　　　不思議　だよね

14日　3：00PMを　過ぎたころから
　　　　　　　　　　　雨が雪に　変わった
　　昨日は　春のように　あたたかい日だったのに
　最後の　雪だろうか
NYの雪は　あまり　きれいでは　ないよ
　　①住宅が多い
　　②電気が多い　夜でも明るい
　　③山・木が少ない
だから
日本の雪には　かなわないと思う
　　木々に　積もる雪　風が吹くと　木から雪が舞う
　　　きれいだよね

暖房が　効いていて　ぽかぽかと睡眠には
　　　　　　　　最適の温度
起きようと思っても　なかなか目が　あかない
　　起こされて　やっと起きた
今日は　以前　買っておいた
　　球根　水仙・ヒヤシンス・クロッカスを
　　　　　　植えました
　　春ですね

日　　記

28日
　　　　今日は25℃あり　あたたかい風がやさしく
　　　　　　　　　　　肌に　あたる
　　桜を　思い出させるような　あたたかさだった
　　今日　あなたと電話で　たくさん話したね
　　あなたの　言葉が　胸につき刺さったよ
　　今まで　二人には　高くもなく　低くもない壁が
あったと思う　いつもその壁が　二人の乗り越えられない
　距離として　とてもいい関係だったと思う
でも　その壁を　お互い乗り越えて　しまった

　　これから先　もう書きつづけられない
　　残りの3カ月は　あなたの知らない　私の生活を
　書いていこうと思います
　　　　　いろいろと　ありがとう
　　　　体に　気をつけてください
　　　　　　　　　　　さようなら
　　そちらに　帰りましたら
　　　　　　　みんなで会いましょう

　　　　　　　4月1日　最後のページ

別　　れ

あなたの最後のページ　とてもショックを受けた
　　　　　電話で　あなたに対して　傷つける言葉を言った
　　　　のだから
　　　　　　それは　仕方ないかもしれないね
　　おこりもせず　黙って　受話器に耳を傾けて
　　いたんだね
あなただって　淋しくて　辛かったのに
　　　　　私はいつも　自分の気持ちを　ぶつけてしまう
この先　どうしようもないことが分かっているからこそ
そのいらだちを
　　　ぶつけてしまったんだと思う
いつまでたっても　同じことのくり返し
　　　　　これでいいんだと何回も　心に言ってきかせた
　　　あなたが苦しんで　決めた　決断
　　　どうすることも　できない
　　　　　　目の前が暗くなった
　　　これで　あなたとの　7年間が終った
　　こんなにも　かんたんに別れることが　出来るのだろ
　　うか

　　　　　　　　　　　　　別　　　れ

いつの日も　お互い信頼して　生きてきた
こんな気持ちのまま　さようなら　なんて
　　　　　　　　　　　　　できるわけがない
一人もがき　苦しんだ
　　　　夢なら　醒めて欲しい
　　　　　　　助けて欲しい　あなたは
　　その日から　いつの日も　いつの日も
　　待ち続けても
　　　　　　　　現われる　ことは　なかった

　　　　苦しい日々が始まった
その夢は　醒めることを　知らないかのように
　　長い旅の　スタートとなった

　　　急に　あなたが　いなくなった
　この胸の　痛さ　悲しさ　苦しさ　辛さ
　　　　　いっぺんに　たくさんの　重荷を背負った
　　どうやって　生きて　いこう……
　いつかは　別れが　くる……
　それが突然　きたものだから
　　どう対処して　いいのか　わからないよ
　どうして　こんな形で　終らせたの？
　　　あなたは　苦しくないの？
　眠れない毎日
　　　　　　　あなたを　恨んだ
　　　　そして自分を　責めた
　何故？　問いかけて　みても
　　　　　　　　あなたは　何も答えてくれない
今　生きている支えと　なっているのは
　　　　　　この数冊の　日記帳
　　　　それだけが　ピーンと張りつめた心の
　　　　　　　　落ち着ける場所
　　　　それだけが……

別　れ

将来を　共に　歩くことは　できない二人
　　先の見えない現状に
　　　　　　　　　疲れたんだろうね
私の言葉で　悩み　傷つき
　　　　　　　　それでも　あなたは私に
　　何の返答も　しなかった
そんな　あなたの　やさしさに　私はいつも
　　　　　　　　甘えていたのかもしれないね

あなたが帰国するまでの　残りの3カ月
　　複雑な気持ちで　日々を暮らすことに　なりそうです

電話が鳴らなくなってから　1カ月　経ちますね
　　　　　元気で　頑張って　いますか？
　　あなたからの電話
　　　　　　　　待っていて　あたりまえ
　　　　　　　　こなくて　あたりまえ
　　　　　　　　　　　そんな日々……
眠っていたいよ
　　泣いていたいよ
　　　　　　　　何で　こんなに無理して
　　　　　　　頑張って　いるんだろう　私

５月のやさしい風が　吹いている
　　　　庭のフェンスに　絡まっている
　　　　　　　　　　　　ジャスミンの花
たくさんのつぼみをつけ　数日後には
　　　　　真っ白い花をたくさん　咲かせるのでしょうね
　　それから草の下に
　　　　　　　小さな青と　ピンクの　忘れな草
　　　　　　　　咲いてるのを　見つけました
いつか二人で　忘れな草の種を　買ってまきましたね
　　　　その時の種が　こうして
今　花となって　咲いている
　　　　　　なんか今日は　とても　楽な気持ちです
　　涙が　こぼれてきても　ぬぐうこともしらず
いつまでも
　　　　いつまでも　　その花を　見ていました

　　　　　　　　　　　　　別　　　れ

　あなたの声が　聞こえるだけでいい
　　　　　　元気なら　それだけでいい
　　何も望む　ものはない
そう思いながら……
　　　　　　いろいろなことを　望んでいたんだね
　あなたの生活
　あなたの時間
　あなたの心
　　　　　　束縛　していたんだね

　１年経って
　　　　　　それが分かったなんて
おしえてくれたのは　あなた……
　　　　　あなた　なんだよね

それから

　7月27日 〝帰国〟

いつものメンバーで　あなたの歓迎会をした
　　　　あなたは　冷たい眼差しと
　　　私に　苦痛の日々を持って帰ってきた
　　　　　あなたの言葉には　私を寄せつけない
　　　　　　　　　　　　　鋭いものがある
　　　　　時折　見せる　笑顔のあなた
　　　　　でも　その向こうには
　　　　　　　厳しく　冷たい表情がある

　　あなたに　会うまでは　信じられなかった
　あなたが　そう　変われるはずは　ないと思っていたから
　　　でも　変わっていた
　　信じたく　なかったけど
　それは日々の暮らしの中で　現実のものとし
　　　私を　これでもか……これでもかと
　　　　　　　苦しめていった

それから

同じ空の下
　　　車で　数分間の距離
　　二人の間は　ずい分　遠くになったのですね

何のための1年4カ月？
　　　　こうなることが　分かっていたなら
　　最初から　電話なんか　しないで欲しかった

何のための1年4カ月？
　　　　こうして別れようと
　　　そう決めていたなら
　旅立つ時
　　　　成田で　約束なんか　しないで欲しかった

　あなたは嬉しいですか？
　　　　　あなたの人生
　　　　　あなたの夢
　　　シナリオ通りの　進み具合で……

今日　髪の毛を切った
あなたに　いつも触って　もらっていた　髪を
　　切らずに　いて欲しいと言われ
　　　　　　　　　　　伸ばしていた　髪を
　　　　　短めに　切った

　　あなたの思いを　絶ち切るために
　　あなたが幸せに　なるために
　　あなたが自由に　なるために
　　あなたが楽に　なるために
　　あなたが苦しまない　ために

　　　　前向きに　歩きだすために
　　　　自分らしく　生きていくために
髪を切った
　　　　　　一瞬の時間で　切った
　　　　　　　　淋し気な　自分の姿が
　　　大きな鏡に　小さく映った

それから

　強い糸で　結ばれていると思っていた
　　そうは簡単に　ほどけないと思っていた
　でも　ちがっていたんだね
　　こんなにも　あっさりと
　　こんなにも　簡単に　ほどけるものなんだね

あなたから　連絡があった
　　　　重たい口を開いた　あなたは　言った
〝結婚しようと思っている〟
　　　　だから気持ちを　整理して欲しいと
　私を傷つけないようにと
　　　　　選んだ　やさしい　言葉が
　　かえって　心を重くした

指のすき間から　すべてが　くずれた
さらさらと　砂のように
　　　　　　　　すべてが流れた

指のすき間から
　　　　冷たい風が　吹いてきた
　雪が　舞う風のように
　　　　　心に　つき刺さった
くずれていく　自分が
　　　　悲しかった

161

H12年

　　こんな私のもとにさえ　新しい年は訪れた

　　気持ちの　コントロールが　むずかしくなってきた
　　たくさん話をしたい　あなたは遠い人
　　　　助けて　くれる　はずもなく
　　変わってしまった　あなたを　見ては
　　　　　仕方ないんだと　自分に言い聞かせ
　自分自身と闘いながら　どうにか　生きている
心の中は空っぽで　自分なりの生き方もできない始末で
　　　　　　そんな時に
　あなたからのコール
　　　　　　私の　birthday　おめでとうと
忘れていなかったんだね
　　　　　　　8年間　8回の　birthday
　　今日の　言葉が　一番心にしみたよ
　　そしてプレゼントに　木の箱のオルゴール
でも　素直に　受け取れないよ
　　　　そのやさしさが
　　私には　不安と
　　　　　　怖さが　あった
あなたの態度で　心が揺れる
　　　　もう傷つくのは　嫌だから

それから

あまりやさしく　しないでください
　　　　　お願いだから

突然　なつかしいCDを届けに　きてくれた
突然　あなたは　以前の　あなたに　戻った
　　あなたが　急に　手を伸ばし
　　　　　　　　　私の髪に　触れた
　　私の髪は　あなたの手が　触れた時
　　　　　　なつかしく　恋しく　切なくゆれた
　　あなたの指が　動くたび
　　　　　　あたたかさが　体の芯まで　伝わっていた
　　何年ぶりだろう……この感触は……
「髪の毛　切ったんだね
　　　　　　こんなに赤い色していたんだね」
　　　　　　　　　　　あなたは　言った
　　今までの苦しみが
　　　このひとときの時間の中で　すべてが許せるような
　　　　　　　　そんな気がした
でも　あなたから　伝わる心臓の音
　　　　　　その音は　とても切なく
　　　　私を　いっそう不安に　導いていった
　　　　　　　　　　　　　　それでも　私は
　　この先　とても嫌なことが　訪れることも知らず
　　夢のような時間に
　　　　　　　　酔いしれていた
　　　　　外は雷　私の大好きな　雨が降っている

それから

7月12日
　　あなたが　その女(ひと)を　家に連れてきた
　　　本当にいつも突然に　私の元に　たくさんの
　　出来事を持ってくる

　　　あなたの口から　婚約者ですと　紹介があった
　　　　こんな日がくるのは　分かっていた
　　　なぜ　今まで　何も　話して　くれなかったの？
　　　急に目の前に　その女(ひと)を　連れてきて
　　　　自分をしっかりと固定させ
　　　ふり乱さないように
　　気持ちを　押さえるのが　やっとでした
　　あなたのやり方　許せない！

　　　　数日前のやさしさは　何ですか？
　　　なぜ　私の髪に　触ったの？
　　　こんなひどいやり方で　苦しまないと思ったの？
　　どうして人は　こんなにも　変わるのだろう
　　　私も　変わったのだろうか？
　　　　　　　あなたにとって　私は　何だったの？
　　　　　　　　　　おしえて欲しいよ

あなたの幸せのためだから　仕方ないと
　　何度も　心に　言いきかせた
私には　幸せにしてあげることが　できないんだからと
　　　自分の気持ちに　言いきかせた
　　　　　何の支えにも　なれないのだからと
　　私が苦しめては　いけないんだと
　　　　何度も　何度も　心に言いきかせた
　これで　いいんだと
　　　　　　すべてが　終ったんだと
どうしようもないことなんだと　自分をなぐさめた
　　下を向けば　涙が　止まらない
腰を落とし　泣いた　声をあげて　泣いた

　　　　　目の前に　ジャスミンの花が咲いていた
　　　　　　私の悲しみを分かっている花
　　　幸せな時に　みた　この花を
　　一番辛い時にみた　この花

それから

　　夢を見ていた　長い夢だった
歩いても　歩いても　たどりつける場所がなかった
　　迷路のような　この道を
　　　　　私は　8年間　歩いていたのだろうか
　　　　　　　　　　　何のために……
　　　　　苦しい……
　今　もし　手の中に　ナイフがあったら
あなたを　刺してしまうかもしれない
　　そして　そのナイフで　あなたの力を振りしぼり
　　　　私を刺して欲しい

　　夢の中に　あなたがいた
あの時と同じ　厳しい表情で
　　　　　　私を見ている
　　あなたの手には　銃が握られていて
私の方に　向けられている
　　　　そんな　あなたを　ただ見つめている
　　　　　　私が　いる
　　どうか　撃って欲しい
　　　　　　あなたの手で　私を楽にして欲しい
　今　この現状から
　　　　　　　消えてしまいたい

あなたの店の　open が　きた
たくさんの夢を　話してくれた
　　　誰よりも先に　その夢を　見せてくれるのかもしれな
　　　いと
　　　　　　　　　心のどこかで思っていた
　　　そして　そんなちっぽけな　望みでさえも
　　　　　　　　　　打ち消された
たくさんの御祝の花で　飾ってある　そのお店に
　　　一番先に　その女(ひと)が　いた
　　あなたの側に寄り添う　その女(ひと)がいた
　　　　　　　　お店の前で　立ちすくんだ
　一歩も中には　入れない私
　　　　なにしに　来たんだろう
　　　　　　　　　　　　馬鹿だな　私は
Koへ　おめでとう
　　　長年の夢が　かなって
　　　本当に　今まで　頑張って　きたものね
　　辛い時や　苦しい時
　　　　　　　いつも一生懸命　だったね
　　　　本当に　おめでとう
　直接　あなたに　言えない　言葉
　　　　　　暗い家の中で　私は一人　目を閉じた
　　　そして朝が来ないことを　祈った

それから

　　長い夢から　醒めた
　醒めたくない　夢の中から
　　　　　　現実に　戻されてしまった
私は　これから　どこへ行けば　いいのだろう
　　　　　　　おしえて欲しい
　現実から　逃れることが　できないのなら
　　今を越える強さが欲しい
　　自分らしく生きる　自信が欲しい
　　すべて耐えられる　勇気が欲しい

なぜ私の心は　こんなに
　　　　　　　　貧しくなってしまったんだろう
あなたに対して　いつも感謝してきた
　　　　　　　　　　心は　どこにあるのだろう
あなたに対して　いつもやさしかった
　　　　　　　　　　心は　どこにあるのだろう
　　自分が　情けなくなるよ
　　あなたを　責めてばかりの私
　　自分を　傷つけてばかりの私
　　　　　　　　なにやってんだろう私

その女が　あなたのもとにくる前に
　　　　一度だけ　会う約束をした
9月25日　その日がきた
　　　　映画を観て　チーズフォンデュの食事
　　　お互い　話をすると
　　　　　　　　何かが　終りになりそうで
　　　　言葉が　でなかった
　　帰りの車の中　あなたが　ポツリと言った
　　　　僕達は　まるで
　　　　　　　　東京ラブストーリーの　ようだねと
　　その時の　あなたの笑顔が　輝いてみえた

　　　　　たくさんの　ありがとうも
　　　　　　　　さようならも
　　　　　　　　　幸せになっての一言も
　　　　　　　　何も言えなかった
今にして思えば
　　　　　　あなたは二人が別れる時
　　　私が　あまり悲しまないように
　　　私が　あまり淋しがらないように
　　　私が　一人でも歩いていけるように
　　　私が　強く生きていけるように
　　　　私をつき離していたのだろうか？
　　　そんなふうに私は思う

それから

あなたと　私の　８年間は　終った
　　あなたは５日後　遠い人になってしまった

今　あなたと私は
　　別々の道を　歩き始めた
二人をつないでいるもの……
　　　　それは数冊の日記と　かけがえのない時間
　　いつまでも　お互いの胸に刻まれ
　　その上に　人生を重ねて　いくのだと思う

あなたに寄り添い　支えていく人がいる
でも　私もずっと　あなたを好きなままでいたい
　　それが私自身　生きていく支えに　なると思うから
あなたの笑顔に　触れる時
　　　　今までの苦闘の日々や　わだかまりが
　　嘘のように　消えていく

　　　　　やはり　あなたは
　　私のすべてなんだと思う　ずっと　これからも
　　　　　　　　　　　Miss　you

それから

　私が愛した彼は　今もNYにいる
　　最近そう思えて　仕方がない
　でも　不思議なことに　淋しさはない
私は　心のどこかで　あなたとの約束を信じ　待っているから
　　時は流れ　人は変わるもの
だけど私は　あなたを　これからもずっと守り　そして支えていきたい
　　　この確かな気持ちだけは　変わらないものだと思う

　　　　　何年後の春になるか　分からないけど……
　あたたかな　なつかしい風が吹く日
　　千鳥ヶ淵の桜の木の下
　　　　　　　満面の笑みで　手を振る
　　　　　あなたを　やっと見つけた──

最後に

　　　　日記を本に残したいと彼に相談した時　快く
書いてみればと　言ってくれました
今にして思えば　二人は
　　　　一番大切な時の中で出会い　支えあい　励
　　　　ましあい　お互いを必要としていたのだと
　　　　思います
あなたと歩いた５年の日々を
あなたが旅立ったその後の日々を
　　　　　　　素直に書きつづりたかったのです
　言いたかったこと　言えなかった言葉が私の心
の中に　ずっとしまいこんでありました
　　　せつなさや　やりきれなさ　悲しみ　そん
な思いを　言葉を通して表すことで　すべてを書
き終えた今　自分の殻から抜け出し　自分を苦し
めていたものから　解放された気がします

　　　　　ありがとう　たくさんのやさしさを
　　　　　ありがとう　たくさんの時間を
　　　　　ありがとう　たくさんのあたたかさを
　　　　　ありがとう　たくさんの愛を
　　　　　　　　　幸せに　なってくださいね

Miss you－K and Koの日記より－

2002年4月15日　初版第1刷発行

著　者　Kei
発行者　瓜谷　綱延
発行所　株式会社　文芸社
　　　　〒160-0022　東京都新宿区新宿1-10-1
　　　　　　　　　電話　03-5369-3060（編集）
　　　　　　　　　　　　03-5369-2299（販売）
　　　　　　　　　振替　00190-8-728265
印刷所　株式会社　エーヴィスシステムズ

©Kei 2002 Printed in Japan
乱丁・落丁本はお取り替えいたします。
ISBN4-8355-3580-4 C0092